古典残照

——オウィディウスと中世ラテン詩——

柏木英彦著

知泉書館

凡例

一、ph, th, ch は p, t, c と同音に扱う。
二、pp, cc, ss は単子音として扱う。
三、音引きはできるだけ使わない。
四、ギリシア神話の神々の名は原則としてギリシア語名で表記し、ラテン語名を（　）内に書く。
五、中世ラテン語は音韻変化により発音も綴字法も古典ラテン語と異なるが、原則として古典語の音をカタカナで表記する。
六、ラテン詩を原文では引用しない。
七、註はつけない。ただし必要な場合は、ごく簡単に〔　〕内に付す。

緒　論

中世の文化といえば、もっぱら十二世紀が取り上げられてきたが、事情は少しずつ変わってきた。高名なロマンス文学者エーリヒ・アウエルバッハは、非常に長い間死語であったラテン語が十一世紀以来若返り、全く異なった花々を咲かせ始めたのは殆ど奇蹟に近い、古典ランテ語作家のよき模倣者は、十一世紀頃から増えると述べている。また、一九九八年ケンブリッジで、十一世紀ラテン語文化をテーマに開催された「中世ラテン語国際学会」の開会挨拶で、著名なピーター・ドロンクは、一〇五〇年から一一〇〇年までの半世紀、詩において創造性と独創性が秀でていたとして、十一世紀中葉のルネサンスを提唱した。

本書で取り上げるブルグイユのバウデリクスとランスのゴデフレドゥスはオウィディウスに心酔し、オウィディウス風の詩を書いた。長い中世の後にも先にも、このような詩人は皆無である。にもかかわらず、特に注目されることもなかった。本書では少しく具体的にその詩について述べ、古典文学の伝承という点からも重要な文化現象であることを指摘したいと思う。

十一世紀のフランスでは社会経済がゆるやかに発展し、教養のある官吏に囲まれた地方の王侯、中流階級が出現した。初期中世の考え方の変革、自己意識の覚醒が起こり、世界観の変化、地上の存在への注目、宗教の前提するものから純粋に人間の立場への転換とともに、古代の作家への関心が高まり、数世紀以来はじめて人間的愛や女性に目を向けるようになった。教育は修道院中心から都市の学校に重心が移り、世俗の書物文化が拡がり、文字の修得はもはや神への奉仕を完成するためのものではなくなってきた。こういう状況の中でオウィディウスが高い文明を享受した詩人として注目されるようになる。ランス、オルレアン、アンジェ等がその中心であるが、アングロサクソンの文化圏でもラテン文学の共通体験の世界が形成された。

中世に古典作家がどの程度読まれたかを知る手段は現存写本、引用、註釈、テキストの書き込み、図書館のカタログ等で、そこから言えることは十一世紀以前オウィディウスはあまり読まれなかった。写本の数はウェルギリウスが際立って多い。十一世紀になると、オウィディウスの写本は徐々に増え、十二世紀に急速に増加する。ただしそれは学校の数が増して教科書に用いられ、しかも寓意的解釈が行なわれるようになったからである。これは〈寓意の聖なる蔽いの下に〉真実が隠されているとして、その蔽い（インテグメントゥム）を除き、教化的解釈（モラリザティオ）をすることである。つまり当時の世界観、宗教の教えに沿って強引な解釈をすることである。そしてこれはどの古典作家にも適用された。しかしこれでは古典作家を読んだことにはならない。

十一世紀には、このようなアレゴリカルな解釈、モラリザティオは殆ど見られない。一一〇〇年頃書かれたヒルザウのコンラドゥス『古典作家についての対話』では、オウィディウスの『変身物語』と愛の詩の講義を禁じているので、場所によってはまだ学校のテキストに使われていなかったにしても、ランスやアンジェでは、テキストとして文法や修辞学の訓練に使われ、詩の解釈、観賞も行なわれたであろう。フランスのみでなくイングランドでも愛の詩が作られていたので、写本の数は現存するものより多かったのではないか。

それにしても当時ラテン語を学ぶために教師を見つけるのは容易でなかったらしい。ラテン語を教える力があるのは、一部の聖職者、貴族、少数の官吏であった。ノジャンのグィベルトゥスは自伝で、勉強を始めた一〇六〇年頃の状況について、文法の教師は町には殆ど居なかったし、都市でもかろうじて見つかる程度で、しかもその知識は貧弱であったと回想している。ところがおよそ五十年後の一一一〇年には学校の数も増え、文法が盛んになったと録している。

それでも当時の非識字率は九五パーセントというから、書物文化の恩恵に浴するのは、ごく一部の人々に限られていたことも事実である。

古典残照目次

古典残照

——オウィディウスと中世ラテン詩——

I　ブルグイユのバウデリクス

一　生涯と作品

バウデリクスはオルレアンに近いマン・シュル・ロワールで生まれ、アンジェで古典の教育を受けたと思われる。ブルグイユのベネディクト派の修道院に入ったが、その時期は判らない。一〇八〇年ないし一〇八二年修道院長となる。

シャルトルのイヴォ（一〇四〇年頃〜一一一六年）の書き残しているところでは、一〇九八年空席となっていたオルレアンの司教職を望んだが、バウデリクスは聖職売買（シモニア）によったと非難している。

真偽のほどは判らないが、これは実現せず、フィリップ一世は甥のトゥール司教を選任した。イヴォの言っていることが事実に基づくものか、中傷であったかは判らない。バウデリクスは一一〇七年、モン・サンミシェルに近いブルターニュのドルの司教に選任されたが、これに関連する詩をラヴァルダンのヒルデベルトゥスが残している。それによると、バウデリクスが司教を務めている間、司教の肩衣（パリウム）を認めない、オルレアンの司教職を買おうとしたし、あまり禁欲的とはいえない生き方をしている以上、司教の資格を欠くと。これはバウデリクスの詩を読んだ上で、彼の生き方についての想像だったのではないか。

　ドルに赴任したものの、文化果つる僻遠の荒涼たる地と歎いている。ルイ六世に配置換えを求めたという説もある。しばしば旅を試み、アングロノルマンのベネディクト修道院を訪い、ここにブルグイユに似た風土を見出して喜んでいる。晩年まで、ウスター、ベック、フォントネル、ジュミエージュ、フェカン、プレオーなどに赴いて、慰めとした。ローマには四回赴いている。一一三〇年この地に歿した。

三十余年を過したブルグイユを楽園と呼んでいる。静寂、豊富な蔵書、羊皮紙、詩作の時間に恵まれ、まさしく天国と詠われている。「修道院長の職は重荷」「私自身のために生きたい」とも心境を吐露しているのに、なぜロワールの温暖な気候とは比較にならない厳しい風土、話す言葉も違うドルの司教職に就いたのか。オルレアンの場合、聖職者であれば誰しも望む職であり、オウィディウス復活の中心であったから、シモニアであったかどうかは別として、この一般的傾向に従ったまでのことかもしれない。しかしブルグイユの楽園を棄ててまで、司教職を望み、辺境の地に赴いたとは考えられない。とすれば、何か国王側の意図があって、やむをえず行かざるをえなかったのかもしれない。

実際、二十年に及ぶドルの日々は苦痛以外の何ものでもなかった。参事会との争いに悩み、ノルマンの小修道院に引き込むこともあったらしい。ブルグイユの清澄な雰囲気を求めて、ノルマンディの諸地方やイングランドへの旅は、一時の気晴しになったであろう。ブルグィユの修道院は厳しい現実から離れていて、「バラの園」として想い起こしている。この〈聖なる閑暇〉の住処では、職務を果せば、あとは研究と詩作の時間に恵まれる。書籍と羊皮紙があり、詩歌の女神ムーサと孤独な一時を過せるから、バウデリクスにとって詩作の必須条件の場であった。

本書で取り上げた四詩人の中、バウデリクス、ヒルデベルトゥス、マルボドゥスの三者は、しばしばロワール派として結びつけられるが、この呼称は適切ではない。古典ラテン文学に対する関心と、活躍した場所では共通でも、その関心の持ち方、詩の実践については相違する。古典と自らの詩との関連、詩の性格という点で、バウデリクスとランスのゴドフレドゥスの二人が類似する。ヒルデベルトゥスは中世最高の詩人とされるキリスト教的人文主義者で、その書簡は模範的な文章として教材になり、ペトラルカを魅了した。マルボドゥスは詩も書いたが、レトリックの教科書がむしろ広く使われた。一方、バウデリクスとゴドフレドゥスはオウィディウスに心酔し、オウィディウスを範として詩を書いた。両者はグレゴリウス改革に積極的な態度をとらず、叙任権論争に中立の立場を採ったようである。

バウデリクスのほぼ全ての詩は唯一の古写本で保存されている。十七世紀にポール・ペトの蔵書にあるが、それまでの経緯は判らない。写本はスウェーデンのクリスティナ女王に売却され、その後、彼女はヴァティカン図書館に遺贈し、今日に到っている。羊皮紙一五二葉で十二世紀のものとされる。この中、五から一〇八葉、校訂本で第一番から第一五三番までは、古文書学的研究の結果バウデリクス自身の指導の下で転写されたらしい。詩人が一冊の詩集を編む意図が覗われ、自分の本、作品と呼んでいる。

写本がただ一点しか現存しないのは、他は散佚したか、彼の詩がすぐに読まれなくなったかであろう。詩が甦えるのは十七世紀になってからである。ジャン・マビヨンとアンドレ・デュシェーヌが若干の作品を紹介した。因みに、これは後にミーニュの『ラテン教父集』に収録される。十九世紀中葉に古文書学者アンドレ・サルモンがヴァティカン写本の刊行を企図したが、急死により果されず、レオポルド・ドリールが一部を印刷に付した。一八七八年アンリ・パスキエが未完の資料を基に学位論文を著わし、伝記的資料としては今も参照されている。

ヴァティカン所蔵の写本すべてが印刷本として公刊されるのは二十世紀になってからで、一九二六年フィリス・アブラームが簡単な註をつけた学位論文を提出した。しかし写本の読みに関して、中世ラテン文献学者、中世ラテン文学の研究者から批判が相ついだ。それにしてもマニティウスの浩瀚な『中世ラテン文学史』、レイビーの『中世ラテン詩史』で、バウデリクスの詩がそれに適わしい位置付けを得たのはこの版のお蔭である。

四十年後の一九六七年カールハインツ・ヒルベルトが学位論文で、ヴァティカン写本に詳細な分析を行ない、アブラームの読み誤り一二〇〇箇所ほどを指摘、さらに十年後校訂版を上梓したが、残念なことに、詩の内容に関する註を欠いている。

一九八一年ジャン・イーヴ・ティィリエットが四七篇の詩とフランス語訳、それに詳細な研究を付した画期的な学位論文を提出した。一九九八年〜二〇〇二年、同じ著者により、すべての詩とフランス語訳、それに註を付した校訂本が公刊された。

ヴァティィカン写本に含まれる二五六篇の詩は大別すると、哀悼詩(エピタフ)約一〇〇篇ほどと書簡詩約九〇篇とに分けられ、これに含まれない詩が若干ある。

哀悼詩には墓碑銘とロトゥリと呼ばれるものがあり、前者は一般に散文で書かれるが、バウデリクスのは十行内外の短詩である。しかしバウデリクスの詩を刻んだ墓石は存在せず、同一人物について構成を変えた何篇かがあるので、虚構の可能性が高い。

ロトゥリはこの時代に生じた新しいジャンルのようで、修道院長のような人物の死に際し、修道院から修道院へ長い羊皮紙が廻され、各自故人に捧げる弔辞を記した。それが競走心を生み、修辞の技法を凝らした賛辞が書かれることになった。この他、絵画や彫刻に付した二行程度の詩が三十篇ほどある。

以上いずれもこのジャンルはさして興味のあるものではない。

本書で取り上げる詩は書簡詩と呼ばれるもので、なにびとかに宛てた書簡の形式を取り、ごく短いものから一三〇〇行を越えるものまで長さは区区である。宛先はラテン語を解する王女、女流詩人、修道女、高位の富裕層、聖職者などである。内容を見ると、第一に友愛に関するもの、出会い、別離、再会など、第二に指導、第三に詩作の喜び、詩の交換を求めるもの、第四に当時の学問の知識を示すもの等になろう。なかでも第一のジャンルに属すものが多い。

書簡は十一世紀後半から盛んに書かれるようになり、虚構の一人称も採用された。とくにロワール地方のラテン文学で重要な形式である。なかでも友愛の書簡は公的でも私的でもあるジャンルで愛好された。書簡詩が盛んになる背景として、一つにはオウィディウスの『名婦の書簡』が『悲しみの歌』『黒海からの手紙』とともに当代の詩人の魅力ある模倣の対象になったことである。

(本書では、個々の詩の韻律については触れないが、バウデリクスで最も多いのはエレギア、ついでヘクサメーターで、中世詩特有の脚韻は少ない。ただし正確に言えば、古代の古典文学の詩型と同じではない)

朝まだき臘板を整え　つねのごと
ムーサの女神を招いた

かくただ一人篭り居て
自由な時を過した

バウデリクスは叙事詩を書いたわけではないが、古代の詩人に倣って、ムーサの女神に呼びかけ助力を請う。

ムーサの女神よ　長き沈黙の後
御身の詩人を訪れたまえ
御身の仄かしあれば　我ただちに詠わん

私は暇さえあれば詩を書いた。と語る詩人にとって、修道院は理想的場所であるが、修道院長になってからは、その職務は重荷であった。それでも修道院は楽園で、静かな生、田園生活の趣き、聖務以外の時間は詩作に当てることができ、現実の荒波に晒される経験もせずに済み、事実作品に影を落していない。この牧歌的な自然環境を美しい詩は詠っている。

詩はわが生のすべて、詩に終りを告げるのは他でもない、私の死だ

とまで心境を表白しているバウデリクスが、ドル赴任後は散文は別として、一篇の詩も書いていないのは謎である。

芸文に愛着するのは人文主義の一特長である。クルツィウスは『ヨーロッパ文学とラテン中世』の「象徴としての書物」の章で、十二世紀の人文主義は現世を愛すると同時に書物を愛好すると述べ

て、とりわけ筆記具に愛着を示した好ましい詩人がいるとして、バウデリクスの名を挙げる。

　文具に触れたバウデリクスの詩は十三篇ほどあり、愛着のほどが覗われる。彼が愛用した筆記板は八枚繋ぎのごく小さな蠟板で長さは七センチほどのもので、ヘクサメーターの詩が八篇書け、幅はごく狭い。この筆記板に熱い蠟を注ぎ鉄筆で書く。修正がきくので羊皮紙より安価だ。蠟の色としては緑が眼を休め疲れないと、細かな点まで描写し、いとおしんでいる。日常の何げないものにたいする際立った感性をもった詩人は、まさしく文人と呼ぶに適わしい。

　バウデリクスは自ら図書室を整え、外部の人にも図書を利用させていたらしい。「貴方が求める世に散らばっている古典籍は、わが書庫を充たし貴方を待っている。来たりて、聖なる閑暇を抱きしめよ」

「オウディウスをもぎ取った男に」という詩があり、バウデリクスが欺かれてオウィディウスの写本を持っていかれたが返してほしいと願う、ややコミックな詩である。詩人はオウィディウスを学匠詩人と呼んで、その写本を大切にし、自ら当代のオウィディウスたらんとした。

以下、五篇の詩を取り上げる。

二　自分の詩を非難する者にたいして

バウデリクスが第一五三番までの詩を一巻の詩集として編んだことは、第一番を序歌、クルツィウスのいう〈導入のトポス〉としていることにも覗われる。

冒頭、本を送り出すという形式をとる。

さらば、多くの人の手、多くの住居を通って行くのだ、名もなき詩歌よ。

ここはオウィディウスの『悲しみの歌』の冒頭に従っている。「小さな本よ、羨やましいとは思わないから、私を連れずに都へ行くがよい……でも飾りたてずに、流刑者の本にふさわしい姿で」

バウデリクスを非難する人々がいたらしく、処処で自己弁護をしている。送り出す本に、名前をきかれたら、自分は名がないと答えるがよい、だがもし私に値する名なら拒むことはない、ブルグイユの住人に適わしい名を。さて、お前は飛び立つ、憐れな者よ、誤解か羨望かで多くの者に引き裂かれるだろう。詩人は自分を非難する者を〈髭もじゃの顔、尊大な眉、黒いたっぷりした上衣を着た邪悪な輩〉と呼ぶ。

彼らは、われわれの〈ヨクス〉に対し、汝に非難を浴びせるだろうと〈本〉に注意する。〈ヨクス〉はバウデリクスに頻出する語で、冗談、遊び、気晴らし、などの意味があり、動詞、形容詩などの形でも使われている。だが〈遊び〉は人を傷つけはしなかった。心が潔白で、いつも私を護っている。軽率に語る輩は私に疑いの刻印を押すが、それは何の根拠もない。もしお前〈本〉が、なぜ〈ヌガエ〉に時を過すのかと問われたら、こう答えてやるがよい、無為に生きたくなかったからと。〈ヌガエ〉は無益なこと、取るに足らぬくだらないことの意で、時折使われる語の一つである。批判者が、聖務を怠っていると非難したのか、バウデリクスはこれを否定し、夜聖務のない時、外出のさい馬上で書いたと。

本の装丁、写字生に言及した後、本〔写本〕に言う。さて、お前はわが友人達に会いに行くのだ。彼らに私が託した挨拶をしに。彼らは読んだ上、お前を秘しておくと思う。呪いや、責めさいなむような嫉妬がお前を害さないように。すぐに戻ってくるために急いで行け、友人達の語る言葉一つ一つを注意深く報告してくれ。挨拶を返してくれるよう、先に彼らに挨拶するのだ。これが〈友愛の絆、愛の契り〉が要請するところだ。この〈フォエドゥス・アミキティアエ〉という語は当時盛んになった詩の交換を通じて結ばれた友愛関係、男女の愛の契りを表わす語で、バウデリクスがよく使う。この語はオウィディウス『悲しみの歌』に由来する。

因みに、バウデリクスが他の詩で自己弁護する主な箇所を見ておきたい。（第八五番、第九三番、第九九番）

邪しまな非難をする輩は、なにを非難したのか。それは、若い男女にたいし、詩人自身が自分を燃えたたせるような調子で、愛についての詩を書いたということで、自身の生き方についての非難も含んでいたらしい。

これにたいしバウデリクスは、若い男女に宛てて詩を書いたと言っている。ただし現存する詩の中、男性宛が十三篇、女性宛が七篇あるが、愛の詩は一篇もない。若い男女に気に入るよう書きはしたが、自分が現実に経験したとすれば隠すもので、「羊皮紙は沈黙する」、つまり詩に書いたりはしないものだ、と答えている。詩に表現するのは、まさしく愛の情熱など経験しなかったからである。彼らの羨望、嫉妬が自分の潔白を打ちひしいだのだとも言っている。

バウデリクスにとって詩は〈遊び〉(ルドゥス)である。ムーサの女神は私にとって移り気、陽気、剽軽で自分は楽しい。詩人が強調するのは、オウィディウスの「私の生き方は慎ましやかで、一方、私のムーサは冗談好き」に倣って、自分のムーサは冗談好き(ヨコサ)

だが、身は貞潔だという点である。冗談めかして愛や憎しみを言葉にするとき、事実を表わしているのではなく、すべてを作り出したので、想像力の産物である。音に遊ぶ習わし、詩という遊び、韻律を整える遊び、詩の交換の遊び（アルデレ、コルデレ）であり、これが自分の生である。

若い男女を誘惑するような詩はどこにも見当らない。解けぬ謎である。

三　フロルス・オウィディウス往復書簡詩

プブリウス・オウィディウス・ナソ（西暦前四三～西暦後一七年）はアペニン山脈の町スルモに生まれ、ローマに出て勉学、アテナイに留学した。帰国後、アウグストゥス帝の側近で文芸の後援者メッサラの文芸サークルに入るが、そこにプロペルティウス、ティブルスなどの詩人がいた。最初に詩集『恋の歌』を刊行、『名婦の書簡』『恋の手ほどき』『惚れた病の治療法』と続き、大作『変身物語』を出して名声を博した。しかし西暦八年、華やかで幸福な詩人の運命は一変する。皇帝アウグストゥスにより、僻遠の地、黒海沿岸のトミス（現在のルーマニアの町コンスタンツァ）へ追放された。ここに十年に及ぶ流謫の生活を送り、次のティベリウス帝の時代になってもローマ帰還はかなわず、西暦一七年生涯を閉じた。

この地で『悲しみの歌』『黒海からの手紙』の二冊の詩集を出した。極寒の地の厳しさ、ゲタエ族とサルマタエ族に囲まれての危険な状況、ローマ帰国を訴える悲痛な詩である。

流刑の理由として〈詩〉と〈過ち〉を挙げ、この二つの罪が自分を破滅に陥れたが、その一つ〈過ち〉についてては沈黙を守らねばならないと言う。〈詩〉とは『恋の手ほどき』のことで、すでに受けるに値する罰を受けてしまったが、今は恋の指南番ではない。神話の人物や皇帝の偉業を称える重い詩を書いていればよかったかもしれないが、自分にその才はなく、〈軽み〉の詩が合っている。『恋の手ほどき』を口実に皇帝から憎まれ、禁じられた房事を唆かしたとされた。しかし自分の詩と性格とは違う。自分の生き方は慎しやか、一方自分のムーサは冗談好き（ヨクス）で、作品の大半は作りものなのだ（これはバウデリクスが詩の弁護に借用している）。軟弱な詩を書いたのは自分一人ではないにもかかわらず、罰せられたのは自分一人で、他にはいない。自分の詩の才能のために、惨めにも破滅したのだ。

一方、過ちについては、追放の原因と認めているものの、沈黙すべきだと言う。しかしなぜ〈或るもの〉を見てしまったのか、なぜわが目を罪としたのか、自分の目がそれと知らず罪を見てしまったため罰せられたのだ。

とすると、いったいオウィディウスは何を見たのか。〈過ち〉については古来種々推測されている。皇帝アウグストゥスの孫娘ユリアとデキムス・シラヌスの姦通に係わったとか、皇帝の妃リウィアの入浴しているところをみた等々、いずれも確証はない。アウグストゥスは婚姻、姦通にかんする法律を作ったものの、一族に遺反する者が出てくるなかで、あるいは人気の高いオウィディウスの『恋の手ほどき』が頭をよぎったかもしれず、こうして詩人が邪魔に思えたか見せしめにか、追放処分になったというのも一つの推測である。

トミスの厳しい環境に耐えがたく、皇帝に〈慈悲深い〉とか〈寛大な〉という形容詞を付して、ローマにより近く、より穏やかで身の危険のないところへ移してくれるよう嘆願する。

フロルス書簡詩

バウデリクスはトミスで書かれたオウィディウスの二つの詩集を読み、遠い過去のこととはいえ、自らの範とする大詩人の悲劇的運命にさぞかし心を痛めたであろう。それにバウデリクスの詩が非難されていたというのが事実であると仮定すれば、なお一層身に沁みたのではないか。そこでフロルスなる架空の人物と〈オウィディウス〉との往復書簡詩を書いたと思われる。なお両書簡詩には、オウィディウスの作品からの借用語句、連想詩句は七十箇所ほどある。

フロルス書簡のテーマは、追放の理由をめぐる問題と、〈オウィディウス〉との友情とである。

君はトミスで祖国に恋い焦れ、ぼくはローマで悲嘆に暮れている。祖国を遠く離れて、生まれた地への帰還を望まない者があろうか。君は最果ての地に放逐され、不当にも至当な流刑と混同された。罪人のごとく、君は無情な（ドゥルス）皇帝の不当な怒りに耐えている。だからぼくの流す涙も不当ではない。

十年の間、皇帝はついに帰国を許さず、他の地へ移させることもしなかったことをバウデリクスは知っているから、〈無情な〉という形容詞を付している。

君はローマで楽しい家庭を持ち、恋の狩で手ぶらで帰ることはなかった。誰にも憎まれず、誰からも好く思われた。ただ一人皇帝を除いて。面倒な噂が皇帝の耳に入ったのだ。君と皇妃との噂だ。君の友人の誰一人として皇帝の怒りを鎮めようとはしなかった。男にとって妻の噂ほど不愉快なことはない。しかしこの件は元老院に持ち込まれなかった。

『悲みの歌』でオウィディウスは自分の行為は有罪判決を受けたわけではないと書いている。つまり市民権と財産が剥奪されたのではない。流刑は皇帝の怒りによる。君が祖国を追われたのは皇帝の権力によるもので、君のペンではない。因みに、十二世紀に書かれた『古典作家への手引』は追放の理由として三つの推測を挙げる。一、皇妃と同衾したこと。二、皇帝が男色の相手と一緒にいるのを見たこと。三、『恋の手ほどき』で若者に女を欺して誘惑することを教えたこと。この中、第二はオウィディウスが、なぜ或るものを見てしまったのかと書いている箇所についての推測であろう。しかし一の不倫の当事者とする拠りどころとなるような暗示はオウィディウスの詩には見当らない。

愛が非難されるなら、愛の創始者は非難されよう。愛することが罪ならば、われわれが存在することが罪である。もし君の詩が滅びるなら、悲劇作家も滅びるだろう。君は愛の伝令者であって、創始者ではない。

フロルスの書簡詩のもう一つのテーマは〈友愛の契り〉である。追放の原因ではなく、追放の現実にかかわる。

フロルスは心の中で〈オウィディウス〉の過酷な運命を分かち合って、友との結びつきを示し、黒海の畔りで共に生きなければならないと思っている。ローマではどのみち友のために何もできないだけに、なおさらトミスに行きたいと願う。

君のために何もしてあげられないのはとても心苦しい。君の悲嘆をできるかぎり分かち合いたいので、トミスに赴こうと思う。そうすれば、ぼくたちは自由に〈愛の契り〉を味えるから。二人で生きられるかぎり生き、一人が亡くなれば他の一人も逝くだろう。一つの奥津城がぼくら二人を受け入れよう。

皇帝は目下モリニ族と戦っている。だが噂によると間もなく帰還するらしい。皇帝不在の間に旅を急ぐべきだ。ただこのことが誰にも知られないようにしなければならない。皇帝はどこに居ても探知するから。

モリニ族はガリア・ベルギカの民族、現在のカレー辺りに住んでいた。ウェルギリウス『アエネイス』で最果ての地に住むと言われており、バウデリクスはこれを踏えて、皇帝の権力がきわめて広範囲に及ぶことを含めて使ったのであろう。

ぼくは休むことなく陸と海を進もう、君と流謫の地にいるために。何も怖れることはない。皇帝が海路を遮断し、すぐ旅に出るのを禁ずる以外には。

〈オウィディウス〉書簡詩

フロルスの書簡への返事で、まずトミスの寒冷、異民族に攻撃される脅威を訴え、自分をこの僻地に追いやったのは皇帝の怒り、冷酷な意志で、裁判の結果決ったのではないと、追放の不当性を訴える。『恋の手ほどき』について、若い人に愛することを教えたのではなく、愛する気になったとき、どのように愛するかを書いたという。

自分が心に思っているのは、すべての市民が市民らしく愛すること。町を粗野から遠ざけることなのだ。しかしぼくがどのようにして愛から自由になるかも教えていることを皇帝は考慮せず、罪と考えてしまったのです。

この愛をやり過す方法は『惚れた病の治療法』を指しているが、皇帝はこれを知らなかったため、詩を誤解し、これが追放の原因になった。

ぼくの詩人としての天分を人々は知っている。高位の人々の耳にも入り、望んだ以上にぼくを高く持ち上げた。この才能が皇帝の耳に入らなければよかったのだつぎに、フロルスがトミスへ行って共に過ごしたいと書いてきたことについては、ローマに留ってくれるように頼んでいる。

星にまで達する険しい山が立ちはだかり、アケロン〔冥界を流れる河〕にまで達する谷が妨げ、海は大荒れになり、君は途中で命を落すかもしれない。なぜ君はぼくの苦痛を倍加しようとするのか。そうなれば、ぼくも生きてはいない。いま自分のことを悲しんでいるのに、今度は君のことを悲しむことになる。君はぼくの〈命の半分〉なのだ〔命の半分という言い方は古典的トポスで、他の箇所でも使われている〕。古くからの友愛がぼくたちの中に浸み込み、〈友愛の契〉が体得されている。ぼくは君を疑いはしないし、君もぼくを疑いはしない。

フロルスにローマに留って、自分のために尽力してくれるよう頼む。具体的には、何とかして宮殿に入り、皇帝に近づくこと、いつも皇帝のそばにいてほしいというもので、これはきわめて難しい。フロルスは宮殿に入れるような立場にいないからである。しかもたとえば饗宴で勝利の思い出に燃え、愉快な噂話と楽しげな会話をしているとき、慎重に冗談めかして、自分のことを囁いてほしいというのであるから、側近でも容易でない。さらに、皇帝の妻は自分を憎むかのように、自分について沈黙するだろう。夫に自分のことを仄めかさないだろう。しかし夫が言うことを自分に伝えてほしいと。そしてふたたびトミスの厳しさ、そこに生きる苦悩を訴える。

ぼくの望むのは三つ、すなわち解放されるか、他の場所に移されるか、処刑されるかだ。ぼくは重い病いに苦しんでいる。ここは春がなく、花も咲かず鳥の囀りもない。至るところ雪で白い。何と不幸な生、生があるだけ死がある。惨めに生きているかぎり、ぼくはあらゆる瞬間に死んでいる。

そして望郷の思いを吐露する。

ぼくは追放が解除されるのを強く望んでいる。おお、ローマよ、汝の城壁をいつの日か眺める折があれば、汝の豊かさで蘇生するならば、元来院議員に会える日があればいいが。ぼくのフロルスよ、切に願う、ぼくに同情し思い出してほしい。君だけが救いだ。追放の不幸を経験するよりは、もう一人のピュリスのように幹に変身したい。

ピュリスは『名婦の書簡』の「ピュリスからデモポンへ」に出ている。デモポンはトロイア遠征に参加し、帰国の途中トラキアに漂着、王女ピュリスに愛され結婚したが、望郷の念抑えがたく、かならず戻ってくると約束してアテナイに去った。王女は、戻る望みがなくなるまでは開かないように言って、小箱を渡した。が約束の日になってもデモポンは戻ってこない。王女は絶望して自死した。一方デモポンは或る日、小箱を開けたところ突然恐怖に襲われ、馬を駆りたてているうちに落馬し、自分の剱に刺されて命を落した。『名婦の書簡』には出ていないが、一説によると、彼女は神々によって巴旦杏の木に変えられたという。

もはやぼくは力尽きて詩を書き続けられない。フロルスよ、辛うじて君に最後の挨拶を送る。

バウデリクスは敬愛する大詩人の悲運に共感して、トミスでの苦しみ、望郷の念を追体験し、フロルスなる架空の人物との往復書簡にして、〈友愛の契り〉の詩を書いたのであろう。

四　パリス・ヘレネ往復書簡詩

中世において十一世紀中葉まで、トロイアが詩の題材となることはなかった。

詩はもっぱら神、聖人の賛美あるいは君主や王の宣揚の具にすぎない。古典を模倣する詩にも、トロイアをめぐる固有名詞は出てこない。せいぜい遠い過ぎ去った時代、歴史の一齣として稀に言及されても、いくぶん軽視するような態度をもってである。あるいは文法の説明のための例文にトロイアやヘクトルという固有名詞が出てくるにすぎない。またヘレネは悪女として扱われる。たとえばベーダ（六七三～七三五年）は『イギリス教会史』で、私の歌は清らかで、汚れたヘレネをとりあげて歌いはしない、哀れなトロイア戦争は語らない、と書いている。

ところが十一世紀中葉に突然変化が起こる。トロイアの扱い方が大きく転換し、トロイアは詩のインスピレーションの主要な源泉となり、ヘレネ像も変化する。

トロイアを扱った主な詩作品は

1　グイド『イヴレアの詩』

2　ゴドフレドゥスの詩（次章で扱う）

3　バウデリクス「パリス・ヘレネ往復書簡詩」

4　『デイダミア・アキリ』

5 『私はペルガモを嘆きたい』

このような変化の背景には、文化の世俗化、古代の作家への関心が高まったこと、フランスがトロイアの後裔であるという意識があろう。

グイド『イヴレアの詩』（ウェルスス　エポレディエンセス）

詩は北イタリアのイヴレアで書かれたため、このように呼ばれている。作者グイドはイヴレアの聖堂参事会員、一〇七五～八〇年頃の作と推定されている。

時は花の光りに輝く四月、場所はポー河の岸辺、詩人が歩いていると、一人の少女に出逢う。その美さに驚き、ためらいつつ立ち止まるよう話しかけ、ユーノー（ギリシアのヘーラと同一視される）に喩えて美しさを称めるが、少女は逃げ腰である。ところが出自を尋ねると落着きを取り戻し、自分は神々の末裔で、祖先はトロイアから来たと答える。

王族の子孫が私を飾ります。父も母も高貴な身分、トロイアの地が私を生んだのです。

少女がトロイアの出であることを強調すると、にわかに詩人は隣りにかけた少女に〈愛への誘い〉を一気に語り始める。長々と続く誘いが詩の中心で、まず田園生活の悦びを暗示し、贈物を列挙する。豪華な邸宅、美味な料理と飲物、高価な織物、望むなら世界への旅行等こまかく挙げてゆき、徐々に核心に近づく。少女の魅力を語り、最後に誇り高く自分が詩人で、自分が称賛する人を不滅にすると告る。

　そうです　私はムーサに仕える詩人です

この詩には二つの注目すべきことがある。一つは詩の末尾で高らかに言明された詩人の誇りで、クルツィウスの〈詩人の誇り〉というトポスである。クルツィウスはこの詩をエロティックな牧歌と呼び、詩人であることを求愛のもっとも強力な切り札にしていると述べて、末尾の数行を引用している。

私はあくまで詩人であり、ムーサの社を守り、この私に身を委ねることを望んだ女性は誰でも、私の賛美によって死を知らず、とこしえに生きながらえる。私に従うようにすれば、詩によって永遠なものとなるだろう。

なお〈永遠化としての文学〉について、クルツィウスは実例としてバウデリクスの詩を引いている。

ホラティウス、オウィディウスの〈詩人たることの誇り〉は、その後キリスト教時代の詩人には見られない。十一世紀になって著作家の高揚した自意識が時代の特色になるとともに、詩は対象を不滅にするという意識が一般化してくる。

第二の注目すべき点は少女の描写のトポスである。女性の美の描写に一定の順序があり、頭から髪、額、眉、目、鼻、頬、口、歯、首、胸というふうに。つぎに美しさは同じ比喩で描写され、同じ特徴を示す。髪は金色、額は雪のように白く、星のように輝く眼、百合とバラの顔色、大理石か象牙の歯等々。

この描写の形式は古代後期に溯り、十二世紀には詩の技法の基準となる。ヴァンドームのマテウスは『詩法』（一一五〇年頃）において、美しさの描写を世界で最も美しいヘレネの描写と同一に考えている。

『イヴレアの詩』の主題は〈愛への誘い〉（インウィタティオ・アミカエ）で、この世の蔑視という考え方が行きわたっていた時代に、この世の楽しみ、悦楽を強調して、愛への誘いを説く点で、中世最初の愛の詩の一つであり、バウデリクスやゴドフレドゥスと同一の傾向を示している。

オウィディウスの影響が現われ始めるや百八十度の転換が起こり、後の牧歌において決定的となるこの新たな展開の端初が『イヴレアの詩』である。グイドが完全な美と愛を再生させたのはトロイアであり、トロイアはもはや死せる世界ではない。少女の出自はトロイアであり、この少女が他の詩人たちでヘレネとなる。グイドにとってトロイアは破壊と死ではなく、新生のトロイアである。フルリーの修道士たちが捧げたフィリップ一世（一〇六〇〜一一〇八年）の碑名には〈偉大なプリアモスの後裔〉と書かれている。フランスがトロイア起源で、フランス王はトロイアの王の後裔だとする政治の次元での現象を背景に、詩の世界でもトロイアは再生し、詩のインスピレーションの源の一つになった。

『デイダミア・アキリ』（デイダミアのアキレウス宛書簡詩）

アキレウスはスキュロスの王女デイダミアと結婚後いくばくもなくトロイア戦役に参加した。彼女は息子ピュロスとアキレウスの帰国を待っているが、戦いが四年目に入っても何の消息もない。そこでデイダミアはアキレウス宛てに書簡を書く。

正式の妻を恋人と呼ぶことが許されるなら貞潔な恋人が夫たる
あなたにお便りをさしあげます

内容はアキレウスに向けた嘆きの詩である。たとえ短くとも夫の手紙が欲しい。戻ってきてくれたらなお良いがと。しかしアキレウスはどうやら帰ってくるという約束を忘れてしまったのではないか、という疑いが詩の前半の基調で、夫は自分を棄てたのではないかと疑う。

息子のピュロスはデイダミアに同情し慰める。一方アキレウスを残酷で、石のようだという。とある日、アキレウスとブリセイスが仲睦まじく過していると噂を耳にして、ブリセイスが夫を誘惑したのではないかと疑っているうち、夫が戻ってこないのは不誠実なのだと突然決めつけて愕然とする〔なおブリセイスは勝利の褒賞としてアキレウスに与えられた」。この辺りが前半の山場で、詩人は冒頭から心の動きを追いながら、劇的な高まりへ持ってゆき、心の動揺を舟の比喩で表わしている。

幸運な風は私を見棄て　海の真只中で難波した舟の帆が私を飲み込む

デイダミアは今や来る日も来る日も泣き暮している。アキレウスは不誠実であるのみか、誓約を破った。町の噂を聞いて一層確信を強め、ブリセイスがアキレウスの名声を汚したのだ、正式の妻よりも兵士の妾を愛するなら、ブリセイスはただ罪ある女。デイダミアは女神ウェヌスに不貞の女に死をもたらすか、厳しい罰を与えるよう懇願する。

アキレウスと共に過した幸せはごく短かった。夫が幸せを壊わしてしまった今は、身を委ねたことを後悔する。デイダミアはもはや死が近いと思いつめ、最後に絶望的に訴える。

どうか戻ってきて下さい　私のところへ！

この詩は作者不詳だが、オウィディウスへの連想語句が多く、『名婦の書簡』等を参照していることは明らかで、オウィディウスを範としていた詩人たちと文学的傾向を共有している。おそらく十一世紀後半に書かれたと推定される。

バウデリクスのパリス書簡詩

パリスはトロイア王プリアモスの次男。后ヘカベーはパリスが生まれる直前、全市を焼きつくす燃え木を産むという不吉な夢を見、占いの結果、パリスはイーデ山中に棄てられた。彼は熊に乳を与えられて生き伸びる。やがて牧人に発見され、その子として育つ。美しく知恵と勇気に富む若者に成長した。プリアモスの催した競技に出場して、長兄ヘクトルほか兄弟全員に勝った。王女カッサンドラが彼の素性を見抜き、宮殿に迎える。

ペレウスとテティスの結婚の宴に天上の神々は招かれたが、争いの女神エリスは招待されなかったため、腹いせに宴席の場に黄金のリンゴを投げ込んだ。それには〈最も美しい女に〉と書かれていたことから、女神の間に対立が生じ、なかでもヘラ（ユノ）、アテネ（ミネルヴァ）、アプロディテ（ウェヌス）の三女神の対立が激しかった。そこで大神ゼウスはパリスに判定を委ねたので、三女神はトロイアのパリスのもとへ赴き、それぞれ贈物で自らを有利にすべく、ヘラは世界の支配権、アテネは戦いでの勝利、アプロディテは絶世の美女ヘレネとの結婚を約束する。パリスはリンゴをアプロディテに与えた。このためパリスは二女神の恨みを買う。

この神話を材にオウィディウスは『名婦の書簡』中の一篇「パリス・ヘレネ往復書簡」を書き、バウデリクスがこれを元に性質の異なる書簡詩を書いた。

オウィディウスでは、パリスは女神の導きでスパルタに来ていて、ヘレネに書簡を送る。トロイア王プリアモスはイリオンがパリスの火で焼けるだろうと言って反対し、予言の能力をもつ妹のカッサンドラも出帆を止めるよう懇願したにもかかわらず、女神が約束したヘレネを求めてスパルタに赴く。

貴女は私を客人として受け入れます。私は貴女の容姿を見たいのです。私の眼がとらえるものは他にありません。貴女があのコンテストに居たならば、アプロディテ（ウェヌス）の芳香も疑わしくなります。

パリスはヘレネを見て一目惚れし、ヘレネのあらわな胸を見て恍惚として、たまたま持っていた酒杯を落した。

夫メネラオスがたまたまクレタ島へ行くことになり、パリスはこれ以上に良い機会はない、彼は客人の世話をするように言ったのに、貴女は留守の夫の言葉を無視して何もしてくれない。彼は貴女の美しさがわかっていない。貴女は欺かれているのですとパリスはこう誘う。

貴女は長い夜を臥所で横になり、私は私で一人横になっています。共通の悦びがお互いを結びつけますように。さまざまなことが私の心をよぎりますが、静かな夜、貴女の臥所に迎えられて語りましょう。結婚の時が正すような罪を犯しましょう。ウェヌスが私に空しい約束をしたのでないならば。

パリスは共にトロイアに来るよう説得する。トロイアの軍が勇士と武器で配備され、いつでも出帆できます。貴女は偉大な女王のようにトロイアの街を進み、民は新たな女神の到来と思うでしょう。貴女が去った後、戦いが私達の後に来るなどと怖れないように。希望を持ってここを発って下さい。神々が付いていますと。

バウデリクスの往復書簡では、パリスの書簡はオウィディウスより数十行短く、ヘレネ書簡は逆に百行ほど長い。パリスはまだトロイアに居て、ヘレネと会っていない。ただヘレネを心に描き、書簡を書き送る。この書簡は神々が自分に吹き込んだもので、ヘレネとの結婚は神々が自分に言ったので、神託が人を欺いたことはない。彼女はギリシアの高貴な女性で、彼女の心はすでに運命を予感している。定めを遅らせることはできても、避けることはできない。すぐにギリシアと夫メネラオスを拒け、トロイアに来て王国を支配するように、そうすれば全アジアが彼女に支配されることになる。この神託はすでにわが種族に知られていて、運命がギリシアからヘレネを連れてくると思っている。老年の父プリアモスも母ヘクバも以前から共に喜んで自分を促している。

少し脱線して、ギリシア神話たとえば少年相手の男色の例などを挙げ、ギリシア民族から逃げるよう勧め、中世によく見られる〈拡大描写〉（アムプリフィカティオ）でトロイアを讃美する。自分の筆は十分に述べることはできないがと断りつつ、トロイアの自然、英雄、老若男女の中庸と美などがギリシア人に優ること、風光が健康に適していて、土地が肥えていることなど。そしてトロイアの地について〈理想郷（ロクス・アモエヌス）〉のトポスを展開する。緑なす野、泉、果樹園など。

またも脱線して、バッカスの地域と呼ばれる所、オルレアンと呼ばれる町に近い所でさえ、かかるワインを飲みはしないという詩行である。〔アンリ一世はここのワインを好み、戦場へも携えてゆき、弱い者に角を与えて勇気をふるい起させたという〕

トロイアのシモイス河の清流を黙って過ごすでしょうか。クサントス河の透明な流れに驚嘆しない者があろうか、という所でまた脱線して、クサントス河にはロワール河を除いて匹敵する河はないであろう。

逸脱とも思える長い〈拡大描写〉に唐突にロワールの地オルレアンのワインが登場するのは、現代のわれわれにはアナクロニズムのように思われるが、先に述べたように、十一世紀後半は政治面でも文学の面でも、トロイア伝説が意味を持ってきた時代である。バウデリクスは他の詩でもブルグイユやロワール河について、〈理想郷のトポス〉を展開している。この辺りは草原が澄んだ小川に浸されて青々とし、川添いの花が目を楽しませる。近くの森は鳥の快いさえずりで飾られる。〈理想郷〉の描写ではトロイアもブルグイユも同じ表現で語られる。ブルグイユについて、キケロ（西暦前一〇六～西暦前四三年）からは遠くへだたり、鉄筆や書き板より玉葱が好ましいところですが、かつてこの地は詩人に適わしいところでした。さまようムーサの女神が森に住んでいた頃は、と詠っている。つまりトロイアとロワールは同一であり、ロワールは新しいトロイアであることを暗示する。トロイア、ローマ、フランスの地域の連続性は、いわば文化の転移伝承である。とすれば、当代バウデリクスの読者は、逸脱と思える箇所にそれほど違和感をいだかなかったのかもしれない。

甘美な理想郷の描写に続いて、パリスは自分の言葉に嘘はなく、証人であることを強調する。貴女がトロイアへ来るのを望んでいるにしても、心配もある。北風が吹いて船が揺れるとか、夫メネラオスが貴女の意に反して引きとめるとか。もし望むなら、武装軍団で海岸を埋めつくします。自分はどのような労苦をも乗り越える。貴女が大海に身を委ねようと思うなら、すぐに取りかかるべきです。メネラオスが遠くにいる間に。「パリスはトロイアに居るが、メネラオスがクレタ島へ出かけているのを知っていることになる」。望もうと望むまいと神託は確かで、神々が予言したことは何であれ、かならずやってくる。神々に抗することはできないから、神々とともに望むのがよい。

パリスはここでふたたび自分は神々の伝達者、証人であるとして、〈定め〉を強調しトロイアへ来るようにと説く。

貴女のお手紙は貴女が来られることを意味するでしょう。手紙は信頼できる使者に託して下さい。手紙が指示することに直ぐ取りかかります。徒歩か馬で、あるいは快足艇で参りましょう。私には海軍も費用もあり、勇者、仲間がいます。恵み深き神々は私どもの援護者で、何の障害もありません。私たちの気持が一つであれば。ですから、どうか「来てほしい」と言って下さい。お手紙が指示するところへ参ります。たしかに手紙

〔羊皮紙〕は実に幸せです。貴女が書くとき、貴女の手に触れるのですから、私の手紙がヘレネの胸に憩うなら、さらに幸せです。おお、その時、手紙がパリス、パリスが手紙であったら。しかも手紙が隠れるところへ自分も隠れられたら。お手紙が愛らしい響きでありますように。貴女をみとめる鏡であってほしいのです。花のような淑女が花の言葉を送って下さい。ヘレネの容貌と心が私の瞼に浮かぶような。貴女の言葉が甘い蜜でありますように、どうか喜ばせるとお思いになるようなお手紙を下さい。

オウィディウスの描くパリスは世の若者、好色で躊うことがなく、彼を動かすのは性愛で、視覚的印象である。ヘレネのあらわな胸を見て動転するところはオウィディウスらしい描き方である。これにたいしバウデリクスではふざけたエロティックな言葉を弄することもなく、雅びな戯れの恋をもて遊ぶこともない。ヘレネに会っていないから、詩の末尾でその姿を瞼に浮かべたいと願うのみである。オウィディウスではパリスはくり返しヘレネに同衾を求める。バウデリクスのパリスはトロイアについてオウィディウスよりはるかに長く語り、トロイアに来るよう勧める。自分の要求が神意にもとづくことを強調する。パリスは神の使者のごとくに語る。定めを強調する点はウェルギリウスの影響かもしれない。

ヘレネの書簡詩

オウィディウスのヘレネ書簡を要約する。貴方のお手紙は私の眼を汚しました。見知らぬ人よ、貴方は妻の正当な信念を唆かそうとしました。ここに入ってきた貴方は客人ですか、それとも敵ですか。私はこれまで非難されることなく生きてきました。どうして私の臥床にたいする希みを貴方に与えたのかいぶかります。貴方は貴方の種族、祖先、王を誇っていらっしゃいますが、私の家は高貴な点で名声を得ています。イダの谷で三女神が集い、ウェヌスがテュンダレオスの娘を花嫁にしてあげると提案したそうですが、天上の大神が美の判定を貴方に委ねたとは信じられません。たとえ本当だとしても、私が貴方の判定の報酬として与えられるというのは作り話です。私は世間に疎く、罪の道は険しいと思います。貴方が指で合図するのを何度も見ました。テーブルの面に私の名の下に〈愛している〉とワインで書かれているのを夫が見るのではないかと、どきどきしました。見知らぬ客人の愛はたしかではありません。それに牧人時代の愛妻オイノネを貴方は不実にも棄てたそうですね。夫メネラオスは今遠くに行って不在です。貴方はこの機会を無駄にすべきでないと私を促します。夫は留守、私の美が貴方を捉え、貴方の美が私を捉えます。長い夜、私たちは会話において結びつきます。でも何かが私を引き留めます。夫の出立には理由がありました。私は行って下さい、でもなるべく早く帰ってきてと言いました。夫は家とトロイアの客人の世話をするようにと指示しましたが、私はそうしましょうとしか言えませんでした。留守の間も夫は護ってくれます。彼が留守だからといって、貴方とともにここを去るなどということにはなりません。彼は私の性格、生き方を信じています。私の心は揺れています。貴方が促すように貴方が称えるトロイアの城壁を見、貴女の妻になるのでしょうか。貴方の父プリアモス、彼の妻、兄弟達は私をどう思うでしょう。誰であれイリオンの港に入る他者物は不安な怖れのもとになるでしょう。それに私が傷つけられるようなことになれば、私の国が連れもどしに来るでしょう。イリオンはギリシア人の火で焼け落ちるという予言も気になります。ですから私達が感じ始めた愛と戦いましょう。メネラオスと兄と父が正当に怒ったさい、ゆっくりしているとでもお思いですか。私が貴方について行くなら、戦いが準備されることは疑いありません。貴方の身体はマルス〔軍神〕よりはウェヌスに適していると定められています。戦いは勇者がするもの、貴方はいつも愛していなさい。貴方が称えるヘクトルこそ戦うべく定められているのです。これで私の心の秘密を知る手紙を終ります。

バウデリクスのヘレネ書簡

バウデリクスのヘレネ書簡はパリス書簡と類似の言葉で始まり、パリスの審判について語る。ゼウスは老獪にも自ら判定するのを避け、女神たちが審判に従うよう命じたこと、三女神がパリスに約束したことをヘレネは知る。パリスがアプロディテを選んだことも。ヘレネは神々が自分の望む以上に良い方向に運命を向けるでしょうと言いながら、選ばれなかった二女神がパリスに怒りを向けるのを怖れ、このことを繰り返し語っている。

貴方は出来事と神々の神託を語って下さいました。そして大きなことの成行も。アポロンが未来のこと、生地を離れること、トロイアの王国が与えられること、今の結婚の契りを破るべきことを私の耳に囁きました。世の混乱が起こり、ギリシア人がトロイアを支配するでしょう。私が二つの王国を一つにするか、破壊するかです。でもヘラの影が私を脅やかし、アテネを不安にさせるかぎり、私が安んじて御地に赴くことは決してありません。

ヘレネはパリスの言にも一理あると言う。罪過が棄てられれば神々は宥められる、災いから逃れられると。ヘレネは種々のレトリックの文彩を使うが、次に〈コントロウェルシア〉（設疑法）で表現する。

私が姦婦として貴方と結婚したことが罪過だとすれば、夫のもとに戻るということなのでしょうか。どのような顔をして軽んじた夫を見るのでしょうか。妻に辱かしめられた夫が和解するでしょうか。公になった汚点が免ぜられるものでしょうか。私が戻らないかぎり、決して神意を得ることはないでしょう。帰ろうと決心するのは辛く、帰るまいと決心するのもなお辛いのです。貴方と結婚するなら、引き返すよりむしろ死んでしまいたい。私が不幸にも貴方を見棄るとすれば、私ははたして生きていけるでしょうか。いつかパリスの抱擁から身を引き離すようになるのでしょうか。結ばれた愛がほどけることがあるのでしょうか。この言葉だけで私の心は萎えてしまいます。私は諸々のことを思案し悩んでいるのです。

ヘレネは一方でパリスと結ばれるのは神意にもとづく定めであり、他方定めに従えば夫を裏切り、アテネとヘラの怒りを買うことになると悩む。もし罪過だとすれば、神々がしたりしないはず、不倫の罪を教えたりしない。それでは神々が罪の原因になってしまう。ヘレネは神々も悪事を働くと言って、ヘラが待ち伏せして夫ゼウスの浮気を咎めたことなど二、三の例を挙げる。でも私達人間は自分の為すべきことに心を配ろうと。次の数十行ではヒュポテュポゼ〔迫真法〕の文彩を使う。つまり起り得ることをもとにした論の展開である。

貴方がお書きになっているように異国から未知らぬ国の妻がトロイアに来たとなれば、私はいつか貴方の国の激しい怒りに脅やかされることになるでしょう。民衆は怒りに燃え、私にたいして行動に立ち上るでしょう。

ヘレネは自分がパリスの閨で結ばれたとなれば、ギリシア人は侮辱に耐えられず、報復すべく全ギリシアが同盟を結び武器を取るであろう、自分の種族は自負の念が強く戦いに破れたことがない、と言って、アキレウス、パラメデス、ディオメデス、オデュッセウスなど英雄の名を挙げて、彼らは極度に過酷な労苦に耐えられると。

かりに私の夫は軽蔑する気持から、この罪に報復しようとしないとしても、怒りを隠し秘めるでしょう。でも彼の兄弟は復讐しないではいられないでしょう。彼らは長いことトロイアを包囲し、過酷な手で戦いをくり返すでしょう。やがてトロイアの若者は敵に背を見せるでしょう。

ヘレネは自分がトロイアへ行きパリスの妻となれば、ギリシア軍がトロイアに攻め込むという事態の可能性を述べた後、さらにトロイア人の状況を推測して

その上、極度の不安が私を悩ませます。戦いに付きものの危険がトロイア人に迫るからです。私は憎むべき花嫁と思われるでしょう。母親は息子を、娘たちは恋人を失い、子供が親の目の

前で倒れ命を落とし、市民が血で城壁を汚すとき、このスパルタの女の姿が憎々しく思われ、私はこの狂乱の災いの元とされるでしょう。

ヘレネはトロイアに責任があるとも言う。トロイアは神託、予言で自分を誘った、懇願、誓いで自分の心を屈服させた、自分の潔白が汚された責任がある。自分の血族はトロイア人より荒々しく立ち上ります。結婚の愛、潔白がヘレネを自制させるのです。続いて、神々に良きことを望むのは許されるとして、一種の仮定を述べる。〈消去による推論〉で具体的には、神々が予言を予感をよいものにする、つまり不吉な前兆によってギリシア軍の出発が制せられる、荒れ狂う海が兵士を飲み込むとか、オデュッセウスが黄金に目がくらみ一人和平を結ぶかもしれないとか、トロイア人が勝利するとか、神々は神秘な理由で変えるので、神々の善意を信頼したい。ヘレネは神々に服すと同時にパリスを信頼する。ただし害になることと、障害になることがないなら、重大で致命的で耐えがたいことが障害にならないならばと言って、不名誉な恥になる噂が広まることについて二十行ほど〈拡大描写〉を展開する。

神々が定めたことですから、自分がトロイアへ赴いても名誉は傷つけられないにしても恥辱は人々の耳を汚す。怖れているのは恥ずべき噂が後に残ること、自分の美しさは世に輝き、比類ない優美が自分の名を高めているから。微風が自分の振舞いを人々にもたらします。それも、どの女神にどのような力で強いられて異国の女として遙か遠い王国に渡ったか、どれほど悲しい表情で汚れなき心で、神々に怯えていたかは語らずに、ただレダの娘が名誉を無にした、しかも不倫で夫との結婚の契りを破ったと。汚れた噂を撒き散らすことで人々を満足させる。母のレダそれに兄弟を傷つける。彼らにどのようにして顔を合わせることができるのか。噂は良きことを隠し、悪しきことを撒き散らす。噂が真実を告げるなら、怖れはしない。

神々は欺くことも誤ることも決してないが、大地に生まれた者は欺きもし誤りもする。天上の神々に敬意を払うのは当然のこと。へレネは神々の命令に従うと言う。それは故郷ミュケーナイを去り、夫メネラオスを裏切り、パリスの誘いに従うことで、その苦しみ嘆きを〈感嘆の文彩〉で語る。

ああ、私の夫メネラオス、貴方から去るのは何と悲しいことでしょう。妻として貴方の抱擁を離れるのは何と嘆かわしいことでしょう。私の胸は何とつらい苦悶に締めつけられるのでしょう。ああ、いま神々に従わないことが許されるのなら、さもなくば従うべき神々が存在しなかったらよいのに。悲嘆が胸を責め苛みますので、とり乱して話しているのです。ひどく不安で私の顔は青ざめ力弱くなっています。

私は生きながらに夫から奪い去られるのでしょうか。妻が夫に払うべき誠実を汚すのでしょうか。信を破るのでしょうか。その証しは私の涙の川、眠ることなき眼、心の苦悩、嘆息。私は父祖の地から引き裂かれたくありません。でも結局意に反して夫の閨を去るのでしょう。ただし私の胸にメネラオスを抱いて参りましょう。私の心は彼から離れることはありません。そして愛は私が貞節を踏みにじらなかった証しでしょう。といっても貴方にあまり信頼をもっていないというのでもありません。パリスにたいして花嫁にふさわしい気持になっていないというわけでもありません。むしろ結婚の愛、抱擁、語り合いの機会が与えられ、二人の心が一つになることができるでしょう。

ヘレネはミュケーナイを去り、トロイアに赴く決断をする。

私は今や名高いミュケーナイを見ることはなく、運命によって約束されたパリスのもとへ急ぎましょう。わが祖国よ、愛するミュケーナイよ、メネラオスが婚姻の絆によって祝した閨よ、お別れです。親族も縁者も失い、王笏もつプリアモスの館を見るでしょう。

ヘレネはいかなる名誉も労苦も自分をとめることができない、このことを誰も知らないし、神々の定めたことを誰にも打ち明けていない、ひそかに去ろうとする者に仲間も導き手もいないと言って、パリスに迎えに来るように要請し細かな指示をする。三十行ほど〈描写法〉によって華麗なコーダを展開する。ここは古典を想起させ、バウデリクスの詩才が覗われる。

行商人の姿で来て下さい。三艘の船を選ばれた兵士で満たし、マストにオリーブの枝を吊して町の人々に平和を示し、私に出発を知らせて下さい。港に着いても中に隠れていて、水夫や仲間が話すようにして、王にふさわしい品を持ってきたが、王か女王にしか見せられず、どちらかが来てほしいと言い、その間、武器を見られないよう隠しておく。仕来たり通り使者が宮殿へ急ぐでしょう。私はすぐに夫が家に残るようにします。私自身は僅かのお供と居りましょう。誰なのか、どこから来たのか尋ねますが、どこか別のところから来た振りをして、トロイアのことは隠して下さい。私は船に乗りましょう。一方貴方は舫い綱を解いて、全力で漕ぐよう命じて下さい。慎重にしばらく私から目を逸らしていてほしいのです。私を自由にする時、お互いに悦びに満される時が来るでしょう。

私の小さな手紙が貴方のお手紙にお答えしました。私の手紙は貴方の胸に抱かれて憩い、貴方のお手紙は私の胸の中に憩うでしょう。貴方が遅れて私の願いをくじかないように、神々が私の気を変えさせたりしないうちに、待ち焦れています。パリスよ、来て下さい、共に帰るために。

ヘレネの返書はウェルギリウスへの連想詩句がかなりあり、種々のレトリックを駆使している。ヘレネはオウィディウスの場合と異なり、改変されたイメージは女性の弁護にもなっているとさえ言える。いわば人間の品位、尊厳をヘレネに回復させることで女性像を変えたわけである。パリスによる美の判定から始まり、神々の怒りにたいする怖れと夫や祖国を棄てねばならない苦しみがくり返し語られ、ヘレネを苦しめる。またトロイアへ連れて行かれた場合、ギリシア人が起こす戦い、トロイア人を見舞う悲劇についてもヘレネは考える。結局は、神々の定めに従ってトロイアへ赴くことを決断しながらも、自分の心は夫から離れないと内面の自由を宣することで、かろうじて自分を納得させる。オウィディウスやギリシアの作家に見られる欲望と結びついた激情は全くない。神意に抗しがたいことと、夫にたいする貞潔、名誉、祖国との別離との解きがたい対立に苦悶する理性的、倫理的、悲劇的人物である。

五　バウデリクス・コンスタンティア往復書簡詩

女性宛の詩は十篇ある。往復書簡詩はコンスタンティアのみ。アデラ宛の詩は次節で扱う。セチリアはアデラの妹で修道女、エマはロンスレイの修道女、ムリエルはイングランドの修道女で詩人、アグネスとベアトリチェについては不詳。

二〇〇番と二〇一番の詩は、七番八番、九七番九八番と同様、対になっていて、バウデリクス自身によるコンスタンティア宛と、コンスタンティアによる返しの詩という形になっている。往復書簡詩はこれら三篇である。二〇〇、二〇一番は愛の詩、コンスタンティアは当代の女性で、ロンスレイのノートルダム修道院に属していたと推定されている。

すでに述べたごとく、フランス中部における人文主義的関心が高まったことが書簡文学の発展を促進し、この時代のラテン文学で愛が文学の主要なトピックスとなった。ランスのゴドフレドゥス、レンヌのマルボドゥス、ラドフス・トルタレウスなどがこのテーマで詩を書いている。愛（アモル）という語は友愛（アミキティア）から性愛（リビド）まで広く使われる。愛は人間性の全体を構成する部分と考えられるようになってきた。バウデリクスは遠い過去の人物や神話の人物ではなく、同時代の女性に宛てて、オウィディウスの『名婦の書簡』中の往復書簡に基づいて、愛の書簡詩を書いたのである。

この手紙を最後まで読み通して下さい。悪意ある言葉が私の名声を傷つけないよう、読み終えたら用心深く貴女の胸に隠して下さい。友の手で書いたものですから、お一人でよくよく注意して読み通して下さい。この手紙が語るのは愛、愛の詩なのです。何の毒も含まれていません。

ここで毒とあるのは、オウィディウス『恋の歌』の「甘い蜜の下にひどい毒が隠れている」に依る。自分の詩は安心してくり返し繙くことができると説明している。また自分にとってコンスタンティアがいかに大切であるかを、この時代愛の詩において常套句となったパリスにとってのヘレネ以上、ゼウスにとってのヘーラ以上とか、さらに嘆き悲しむオルペウスが冥界の波を前にエウリュディケをこれほど愛おしいとは思わなかったと書いている。

コンスタンティア、貴女を忘れることはできません、貴女の美しさが私に忘れることを許しません。〈愛の契り〉を解消して私を忘れることのないように。

猥らな愛がコンスタンティアへ駆り立てることはない、彼女の純潔が傷つけられるのは望まない。心で結ばれても身体は離れたままであると述べた後、容姿の描写を『イグレアの詩』の順序で描写し、至高のゼウスを天上から降ろすこともできたでしょう。もし時代が数世紀先んじていなければ、ゼウスはどのような形姿にでも形造ることができたでしょう。

私は外面の美しさが貴女の品性の美しさを表わすように、貴女の美しさを詩に描いたのです。

私達は放縦で汚れた人々と別の道を進みましょう。美徳の道、星々への道を。

バウデリクスはまた自分を非難する人々のことに触れる。誰かが下らぬ冗談（ヨクス）めいたことを言ったと非難しても、自分は厳格な人間ではなく、自分のすることはすべて遊び（ヨクス）、恵まれた血筋が陽気な性格にした。自分が何を言おうと、行為は純潔。この地方が純潔と陽気さを育てた。自分はバッカスの祭のように生きている多くの人を知っている。尊大なしかめ面、陰鬱な表情がクリオスに似ている。バウデリクスは第一番の詩でこの節制と徳で有名なローマの家族の名を自分の偽善的な敵に与えている。それでクリオスはクリア〔ローマ教皇庁〕と語呂合わせかもしれないとする研究者もいる。

貴女が私に返事を下さるなら、注意深く読みましょう。もし貴女が望むなら、この手紙を他人に見せてもかまいません。もし望むなら隠しておきなさい。

この最後の二行は冒頭の二行と矛盾する。

バウデリクスのこの詩には随所に言葉遊びが見られる。かなり誇張した言い方が目立ち、話題があちこちに飛んだり、同じことを何行か先で唐突にくり返したりする。また突然ブルグイユのカンビオ、プレグナリアという河の名を出して、アテナイ人は征服されて今やブルグイユの奴隷としたり、脈略がない脱線があり、愛の詩としてはなはだ統一を欠くという印象を拭いがたい。

コンスタンティア書簡詩

第二〇〇番と同じ一七八行で、対応箇所が多い。全体的にオウィディウス『名婦の書簡』に依拠している。

貴方の詩を注意深く読み通しました。あらわな手でじかに触れ、喜んで二回、三回、四回と羊皮紙を開きました。言葉がとても快く、くり返し読んで日中を過しました。でも夜は読書の敵。私に勉強しないよう強いたのです。私は一枚一枚を左の胸に置きました。一つ一つを心に刻みましょう。ついに疲れて四肢を夜の夢に委ねましたが、不安な愛は夜を知りません。

不眠の夜、燃える夢の領域はこの詩のライトモティーフ。

貴方の詩は私に希望を与え、夜は閑暇を与えてくれましたが、眠れませんでした。私の胸に恋情を燃えたたせたからです。ああ、私に貴方との対話に一時でも与えてくれたなら。

コンスタンティアはホメロス、キケロ、カトーなど古代の名を挙げて、大げさに彼を称える。何と才能に恵まれた詩人、神の如き口もてすべてを詠う。語ることに何という芳香、言葉の中に何という叡知、もう一人のホメロスに思われる。詩によって彼がどれほど偉大か、詩の中に彼を思う。コンスタンティアにとってバウデリクスは偉大な詩人、叡知を具えた人である。

ああ、私は愛する人を見ることができません。憐れな私、望んでいるものを見られないのです。私は日々嘆願と渇望に疲れはてました。お会いしたいと望んでいるのが叶わないままに一年が過ぎました。でも詩はしばしば読みます。何という詩、甘く美しい。愛する人が今ここに居てくれたら、詩の意味を説明してくれるでしょうに。私は彼の詩を読んで眠れません。一晩中思い求めても何になるのでしょう。不安な気持で悩んでも何にもなりません。

彼は自分のところへ来ないでしょうと言って、次のような理由を挙げる。とりわけポワティエの地が彼をひどく悩ませているから。曖昧な暗示だが、十二世紀初頭ポワトゥの教会の所有をめぐってブルグイユの修道士とモンティエルヌフの修道士との対立を指しているのかもしれない。

コンスタンティアはどのような迷妄が彼を駆り立てるかわからない以上心配し、不信の念が兆す。

女性たちは皆私の瑞兆を羨みます。実際、私より幸運な女性はおりません、愛の約束が確かならば。彼の忠実さを信じないわけではないのですが、でも熱烈に愛している人を失うのではないかと怖れるのです。私は動揺する心で夜の時を過します。朧の方へ近づき、面と向かって言いたくないことを沢山描きましょう。羞恥心がしばしば大胆な乙女を抑えます。愛する者の心が書いたものが彼を喜ばせ、私の詩が彼を満足させられたらいいのに。

この辺りはオウィディウス『名婦の書簡』で、パイドラがヒッポリトスに宛てた手紙で弁明する心理と同一で、パイドラは恥かしくて言えないようなことを書くようにアモル（愛の神）が命じたと弁解する心理の筆致である。コンスタンティアは愛する人を守ろうとして、ローマやメイエンヌに行かないようにと忠告する。『名婦の書簡』でラオダメイが夫のプロテシラオスにトロイアの海岸に最初に上陸しないように懇願したように〔最初に上陸した者が最初に討死にするという神託があった〕。コンスタンティアはなぜメイエンヌの地に言及したかは、バウデリクスがこの地方と関係をもたなかったことからすれば、不明である。ただメイエンヌはアンリ四世が一一〇〇年から一一〇二年に教皇の反対者を結集した皇帝派の拠点であったから、聖職者と皇帝との叙任権争いを暗示しているのかもしれず、バウデリクスが慎重に中立の立場をとっていることを示しているのではないか。

どうか安全な道を行って下さい。粗野な国へは誰か他の人が目ざしますように。馴れない獣を飼いならすのはとても苦痛です。彼らは無教養ですから貴方に応えられないでしょう。おそらく貴方の努力は空しくなり、ひどい恥辱に耐えられないでしょう。

この辺りは曖昧だが、ドルへの選任が決っている段階で書かれたとすれば辻褄は合うが、そうならばコンスタンティアが待つことは空しいと決っている。

貴方の嘆きと涙をわかちあうでしょう。私を放っておかないで下さい。貴方は私より忠実な人を見出さないでしょう。できることなら、お互いに会えるようにして下さい。私にできるなら徒歩か馬で貴方のところへ行くでしょう。罰も恥も重荷ではありません。行きたかったのですが、〈セルワ・ノウェルカ〉が私の旅を妨げました。

〈セルワ・ノウェルカ〉は邪険な母親、継母の意で、オウィディウス『名婦の書簡』のヒュプシピュレからイアソンへ宛てた書簡詩に出ているし、バウデリクスも他の詩で自分を攻撃する輩に使っている。ここでは女子修道院長を指していると考えられる。

貴方は束縛されていませんし、十分方策をお持ちです。私のところへ来る機会はあるのです。動機がないというなら、貴方は私のところへ来るのをなおざりにしているのです。私がどれほど病いに苦しんでいるか貴方は御存知ないのです。懇願している者を充たさないのは大きな罪です。待っている者のところへあまり遅らせないで来て下さい。何回も貴方をお呼びしました。どうかいらして下さい。

病いとしての愛のモティーフもオウィディウスを連想させる。結局は第八番パリス宛へレネの手紙と同一である。

この二〇一番の詩はオウィディウス『名婦の書簡』のヒロイン達に見られる情念を利用して書かれている。ところでこの詩の書き手について、コンスタンティアという女性とするか、それともバウデリクス自身の手になるのかで意見が分かれている。まず二つの詩は立論の段階、構造がシンメトリーを成し、詩行の数も同一、詩法も一致している。二〇一番の詩とバウデリクスの全詩との類似平行するところが三〇以上あり、古典作家詩句の引用が少なくない。二〇一番の詩は二〇〇番の詩を忠実に尊重している。もしコンスタンティアが書き手とすると、古典作家に通暁し、バウデリクスの詩作品全体を完璧に知っていて、見事にそれを移し替えたことになる。しかも激しい情念の愛の詩である。はたしてこのようなことが当時の修道院に居る女性に可能であったろうか。

オウィディウスはまだ稀な作家で、写本の数も少ない。若干の教養あるラテン詩の愛好家に漸く知られ始めてはいたが、学校の教科書になってはいない。或る『古典作家との対話』では『恋の歌』も『変身物語』も講義することを禁じている。ロンスレイの女性修道院でオウィディウスについて授業が行なわれた証拠はない。したがって二〇一番の詩もバウデリクスの手になると考えられる。彼はペネロペイアの忍耐、メーデイアの嫉妬、ラオダメイアの不安等をコンスタンティアに移して、自分なりに当代のオウィディウス的書簡を書いてみたかったのではないか。

六　アデラ宛書簡詩

この詩は当代の女性に宛てられた書簡詩で、バウデリクスの作品で際立って長い一三六八行ある。

アデラは有名な女性で、この時代の詩人、文筆家を彼女ほど惹きつけた人はいない。有名な司教シャルトルのイヴォ、年代記作者オルデリクス・ウィタリスほか、彼女を称えた詩人は少なくない。以下、若干アデラに関する記述を挙げる。オルデリクス・ウィタリスを除いて他は同年代のものである。なおオルデリクスが『年代記』を書き始めるのは一一二五年以降である。

(一)　オルデリクス・ウィタリス

ブロワ伯ステファヌスはノルマン公と友好関係を強めたく、忠告

する人の勧めに同意してアデラと婚約し、シャルトルで結婚した。〔アデラはノルマン公の息女〕

㈡　詩人ヒルデベルトゥス〔ル・マンの司教〕

一〇九六年後しばらくして詠っている。「貴女を人間と等しくするのは愚かで罪です。貴女は私にとって第一の女神です」

㈢　オルデリクス・ウィタリス

一一〇〇年ないし一一〇一年の事として書いている。ブロワ伯ステファヌスはほぼすべての人の軽蔑の対象である。アンティオキアの包囲陣から仲間たちを棄てて不名誉にも逃げたがゆえに非難されている。妻のアデラはしばしば彼を促した。若い頃有名をはせたあの勇気を思い出して下さい。多くの人を救うための十字軍の武器を取るようにと。

㈣　不詳の詩人〔一〇九六〜一一〇二年頃〕

世間がブロワ伯夫人を賛美しているので、われわれもしばし彼女に頭を下げよう。幾種もの花咲く庭に入ると、どれを初めに摘んでいいのかわからない。これほど大きな利点を一度に与えられた婦人はわれわれの時代には見出せない。彼女は皇女できわめて信心深く、ブロワ伯の奥方、その邸には富が溢れ、幸運があり余る豊かさ、自然美をもたらした。美と謙虚の両方を具えているのは稀なこと。指導者としての彼女とともに領土の栄光は堅固で強力であり続ける。

㈤　オルデリクス・ウィタリス

一一〇六年二月末、遊星が長く尾を引いて西方に流れるのが見られ、有名なブアムンドゥス公がアンティオキア攻略後フランスに戻った。フランス王フィリップの皇女コンスタンティアを妻にし、婚姻はシャルトルで壮麗に行なわれ、アデラ伯婦人が準備を整えた。

一一〇七年教皇がフランスに来て住民に歓迎され、宗教上の義務を忠実に果した。その頃シャルトル司教イヴォはフランスで宗教上の、また世俗的両方の教育で抜きんでていた。彼の招きで教皇はシャルトルで復活祭を祝った。アデラ伯夫人は必要な費用を惜しみなく提供した。この高貴な婦人は夫が十字軍に出発した後、領地を治め教会を擁護すべく子供たちを育てた。

(六) フルリーの修道士フゴ

一一〇九年彼の教会史をアデラに捧げている。この著作は謙虚な気持で優雅な貴女に捧げるに適わしい贈物です。と申しますのも、貴女は当代の多くの貴族に好意をもたれているのみか貴女の家柄も有名です。貴女の文学の教養、優雅、丁重、これ以上貴女の美徳について語るのは今は赤面します。私が軽率と思われないように。ですが、また別の機会があるでしょう。

(七)　ヒルデベルトゥス

一一二〇年アデラがモルシニの修道院に退隠したときに書いている。貴女をめぐり、さまざまなことを耳にするたびに悦ばしく思います。と申しますのも、今は神の道に通じていると聞いておりますので。豊かな女性から霊において貧しき人になられたとしても、楽しみに飾られた輝やかしい伯夫人から貧しき修道女になられたとしても。

アデラ(一〇六三年頃~一一三七年)は、ノルマン人のイングランド征服で知られるノルマン公ギョームの息女である。一〇八四年ブロワ伯と結婚、一〇九六年夫は第一次十字軍に参加した。一〇九九年帰国したが、アデラに促されて再び東方に戻り、名誉の戦死を遂げた。以後アデラが政務に携わる。統治の領域はブロワ、シャルトル、モーの地を含み、アンジュ、メーヌ、フランス王朝と境を接していた。公国内の政治、社会、経済に起因する内部の圧力に加え、外部からの攻撃が繰り返されたが、よくその任に耐え、シャルトルのイヴォとも良好の関係を維持し、親族や子供のために有利な結婚を整えた。アデラは富、知力、教養、美徳、美貌、宗教心のすべてを具えていた。一一二〇年モルシニの修道院に入り、一一三七年他界した。

第一三四番の詩は三つの部分に分けられる。導入部九四行と終結部二五行に挟まれた一二二七行が中心部で、アデラの寝室の描写に当てられる。

導入のトポス

私の小さな詩よ　行きて見るがよい

輝く人々を　王侯と伯の部屋を
行きて卓れた伯夫人の好意を得るがよい

このトポスは例によってオウィディウスに倣ったもので、詩を送り出す。ついで、アデラの父母と彼女について語る。アデラは、剱でイングランド人を征服した王の息女。父の豊かさは計り知れず、教会に出費を惜しまなかった。彼にたいし世間は震え上るほど、勇敢なこと祖先を凌ぎ、栄光と幸福を増した。母マティルダは、フランドルの有力な貴族ボードワン五世〔フィリップ一世が成年に達するまで摂政を務めた〕の息女。アデラは父から、武具を身につける以外、その性質を受け継いだ。読書に時間を割き、詩才に恵まれている。寛大、雅量、誠実、愛想がよく、気前がよかった。私は彼女を知っているが、彼女は私を知らない。あえて彼女に詩を送ろうとしなかったが、私に詩を求めてきた。ついこの間、私の詩を読んでいたく喜び、更に詩を書くようにと。しかし私が更に書いた詩は、彼女の人物、資質に値しない。荘重な主題なら私の詩に光彩を加えもするが、私の詩はそのようなものではない。

詩人は彼女の館を訪れる。

私が無骨者でなかったら、彼女を見たでしょう。実際、彼女に話しかけながら、彼女を見て赤面しました。もし目をそらし俯かなかったならば、すぐに彼女は私から言葉を引き出したでしょう。私はほとんど彼女を見ませんでしたが、見たことを思い出します。見た夢を思い出すように、新月を見たのをときどき思い出すように。彼女の美しさはディアナ〔ローマで月の女神、バウデリクスにとって美の典型〕の形姿に優っていました。
　私は彼女に近づき、すぐに寝室に入りました。彼女はあたかも予言者のように臣下に私のことを告げたので、快く迎え入れられたのです。告白しますが、私は入口に立って呆然自失しましたが、この部屋を天国と思いました。

　長い中心部は壁、天井と床、寝台の三つの部分に分けられる。壁にはタピスリー〔糸で縫い合わせた刺繡のつづれ織りの壁掛け〕が掛っていて、細密描写（エクフラシス）で描かれる。これはギリシア、ラテン文学を通じて見られる詩の技法で、物語の進行が中断される。ホメロス『イリアス』第十八巻では、アキレウスの楯の描写が百行も続き、ウェルギリウス『アエネイス』第八巻にはアエネアスの武具の長い描写がある。バウデリクスの念頭にあったのはおそらくオウィディウス『変身物語』第六巻の女神ミネルヴァとアラクネが機織の技を競う箇所であろう。彼の詩も工芸品の詳細な描写である。

アラクネは機織の技に優れていることで知られ、技芸の女神ミネルヴァも自分の技に及ばないと誇っている。これを知ったミネルヴァは老婆の姿をしてアラクネのもとに現われ、他の人間にたいして自分の技が一番だと誇ってもかまわないが、女神に向かって不遜な言葉を吐くものではない、許しを請うがよいと言った。それでもアラクネは、お前のような老いぼれに何がわかるものか、なぜ女神さまは出かけてきて腕競べをしないのかと怒りをあらわにすると、女神は本来の姿に戻ったが、アラクネは強情に自分の思いを曲げず腕競べをすることになる。オウィディウスは出来上った作品を詳しく描写する。アラクネのあまりに見事な出来栄えに女神は怒ってアラクネの作品を引き裂き、頭を何度も叩いたため、アラクネは侮辱に耐えられず自分の首を吊った。結局アラクネは蜘蛛の姿に変えられ、機を織りつづけている。

アデラの寝室のタピスリーは、絹に金と銀の縫い糸が使われ、宝石、真珠が散りばめられ、布も洗練されていて、あたかも蜘蛛が織ったよう。バウデリクスはその出来栄えについて、女神ミネルヴァもアラクネもこのような華麗な織物は作れないと称賛する。そしてタピスリーの描写の初めに、アデラ自身若い織り手を助けて機織の筬でどのように作るかを指示した、という一句を入れている。アデラの芸術的才能を示すためであろうか。

壁にかかるタピスリーは世界史が描かれている。狭い側には世界の創造からノアの洪水、広い側にユダヤ王、長い側にギリシア、ローマから当代までで、ギリシアではガニュメデス、イオ、エウロペ、ナルシス、オルペウスとエウリュディケの神話が描かれている。そして部屋の奥まった少し引っ込んだところのタピスリーに、ノルマン公ギョームによるイングランド征服、ヘイスティングズの戦いが描かれている。タピスリーの掛けてあるこの場所は部屋の中心部で、描写はきわめて長く、この詩の最も重要な箇所である。

ノルマン征服という歴史事実を略述すれば、イングランド王（懺悔王）には後継子がなく、後継問題が起こったさい、王はかつてノルマンディ亡命中、ノルマン公ギョームに世話になった恩義を考え、ギョームを後継者に決め、ハロルド伯を派遣し、その旨を伝えた。ところが一〇六六年王が亡くなると、ハロルドが貴族と結託して即位した。ギョームは約束違反だとして後継権を主張し、イングランドに攻め入り、港町ヘースティングズで決戦、ハロルドは戦死、イングランド軍を破って即位し、ノルマン朝初代のウィリアム一世となった。

バウデリクスではノルマン征服はどのように描写されているか。まず一〇六六年ハレ彗星の出現で、第二の月と言われたこの星は他のどの星よりも輝き、その形を長く残して遠くまで尾を引く。人々は仰天し、大事の前兆だと噂した。ノルマン公は、イングランド人が偽りの宣誓をして自分に属すべき王冠を横領したとして、イングランドに渡るべく船の建造を命ずる。船は予定より早く建造され、その数三千に達した。武装した騎士をすべて乗船させ、歩兵は小船に、指揮官と馬は別々の船に乗せ、公の船には黄金の衝角を立てた。出航するとき、岸辺が騒がしくなり、群集の嘆き、女達は夫に恋人に祈願の挨拶をし、幸運と早く帰還するよう祈り、男も女も涙を流さずにはいられない。船団が沖に出ると喧騒も次第に薄れ、突然静けさが戻ってきた。水夫達は風と星を調べ方向を変え、最後は静かに櫂で岸辺に着いた〔バウデリクスは場所の名を書いていない〕。すでにイングランド軍が待ち構えていて、隊列を整えて戦闘態勢に入っている。角笛が鳴ったがノルマンの兵士は戦闘を始めず、恐怖で立ち竦んだ。それほど敵の数は夥しく、ノルマン軍は、ぎっしり固めた正面を攻撃する果敢さがなく、軍団を切りくずすことができない。そこで公は弓と弩〔オオユミ、バネ仕掛で鋼鉄製、古代には知られていたが忘れられ、十一世紀にその効力が見出された。ノルマン軍の勝利に貢献した〕を使うよう命令した。イングランド兵はこの武器を見たことがなく、多数の死者を出した。悲しみと恥辱にいきり立ったイングランド軍は列を離れてノルマン軍を攻撃する。ノルマン軍は逃げる振りをして敵の側面へ廻わり、騎兵を攻撃、敵兵の数は次第に少なくなる。多大の損害に激昂した敵は戦列をくずして猛然と襲いかかってきたので、ノルマン軍の兵士は逃れたいとの思いに取り付かれた。このとき公は鉄兜を脱ぎ「なぜ逃げるのか、勝利はわれらの手中にある、どこへ逃げようというのか、船団は岸から遠いぞ、われらに城砦があるか、われらの生死は君らの手中にある」と檄を飛ばす。バウデリクスはここでアキレウスとヘクトルの名を出してくる。ヘクトルはギリシア軍を殺戮するほど強くなかったし、アキレウスもトロイア軍を殺戮するほど強くはなかった。しかし二人とも勇敢で、武装した兵士たちは皆指揮官に従ったと。両陣営は決然と殺戮に走り、不毛の地はたちまち血で蔽われた。イングランド軍は戦闘意欲を失くしてあたふたと退却を始め、連れ戻すことはできない。突然全速力でノルマン軍が追いかけ、背後を苦しめる。彗星の前兆が無益でないよう、神々はノルマン人に好意を示した。矢がたまたまハロルドの身体を貫通したのである。彼は戦いの初めであり、戦いの終りであった。勝利が手の届くところにあるノルマン軍は勇気づけられ、迫りくる死がイングランド軍を恐怖に陥れた。国王の死はイングランド軍の気力を一層失わしめた。ノルマン軍は飢えた狼のような激しさで突進し、イングランド軍は小羊以上の弱さで至る所で戦死した。だが神々の慈悲が助ける。夜がイングランド軍に休息を与え、逃走を助ける。彼らは洞穴に隠れ、木々に保護された。貴族の軍人は弱体になったとはいえ、町なかに身を落ちつけ城壁を守る。やがて夜が明けると、公は勝利の旗を掲げるよう指示し、こう訴える。「われらに平和、安らぎをもたらすのは今日だ。彼らとの交渉に主導権をとろう。決断する時間を彼らに残すべきではない。すぐ町へ行こう」。一方、町では家々から嘆きの声が響き、老人、女、幼い者は涙をとめることができない。この間、公は断固として遅滞なく計画を遂行する。馬は激しく断き、戦を告げる閃光が走る。「敵だ」と塔の上から叫ぶのが聞える。恐怖で心蔵は凍り、四肢は麻痺する。すでに戦士たちに武器はなく、動転するばかり、青ざめて城塞の破壊、火災を想像する。さりとて和平の交渉をせずに、町を明け渡すのは恥だと判断した。公は城塞の遠くから部下に呼びかける。「試みてみるべきだ、条約を町に提案し、もし拒否すれば武器を取ることは更に正当になる」。かくて和平を求めたところ、市民達は受け入れ、町は開放された。公は人々から喜びの表情で迎え入れられる。そして貴族、市民、村々は公を王とした。こうしてギョームは一人で二つの権能をもつことになる。王として王冠を、公として武器をもつ。いかなる王もいかなる公も彼以上に勇敢ではなかった。

バウデリクスは語る。王の富、栄光、戦い、勝利が詳細にわたってこのタピスリーで理解できる。自分は現実の生きた人物を描いたと思う。わが作者が配置した描写は、この婦人〔アデラ〕の美しさと一致する。
バウデリクスが描くヘイスティングズの戦いを約めると、以上のようである。

ところでヘイスティングズの戦いを描いたものといえば、有名なバイユーのタピスリーがあり、一般にマティルド王妃のタピスリーと呼ばれ、十一世紀に製作された。現在ノルマンディの英仏海峡に近いバイユーの文化会館に展示されている。リンネルの布地に黄、緑、青、煉瓦色など八色の毛糸で刺繍された幅五〇センチ、長さ七メートルの長大な絵巻物で五八場面から成る。戦いだけでなく軍船、武器、服装、農民なども描かれ、ラテン語の説明も縫いこまれている。両軍の人物名も挙げてある。エドワード王がノルマン公ギヨームを後継者にする旨を伝えるためハロルドを使者として派遣するところから始まり、ヘイスティングズでの戦いぶりを描き、ハロルドの戦死とイングランド軍の敗走で終る。

バウデリクスではハレー彗星の出現で始まる。船団の構成、英仏海峡の航海は共通である。バイユーの方は個人名を縫い込んであるが、バウデリクスではギョームとハロルドの名前しか書かれず、ノルマン軍が敗走するイングランド軍を追って、和平交渉の結果、町に入るが、どこの町とも書いていない。バイユーのタピスリーはリンネルにウールに刺繍した質素なものだが、バウデリクスでは絹地に金、銀、宝石、真珠等の高価な装飾がほどこされている。アデラの部屋にタピスリーが掛かっていたとしても、ごく普通のものであったろう。公共のホールならともかく、当時、貴族の館が豪華に飾られることはありそうもないので、詩人がイメージで描いたことは明白である。事実、詩人自身実際よりは美しく描いたという一句がある。イングランド征服は、部屋の中心部に掛かっているタピスリーに描かれていて、いわば触りの部分で描写は他の箇所より装飾的要素が多い。借用ないし連想詩句はウェルギリウスが多い。そしてギョームの勲しが目立つ描き方をしていて、この物語の唯一人の英雄である。詩人の念頭にあったのはアエネアスではなかったか。当代の人物を古代の偉人に比することは、クルツィウスの〈礼賛のトポス〉で、征服者ギョームを称えるパネグリュクス〔礼賛の語り〕と考えられる。

さて次は天井で、そこには天空の様子が描かれるが、それに先立ってこう語る。天空の様子について誰がすべてを語りましょうか。もし私が詳しくすべてを語れば、貴女を退屈させるでしょうと。そして黄道帯、遊星、星座の描写が続く。ついで床はアジア、ヨーロッパ、リビアの地図と地誌で、大洋、河川、山など、河川についてはライン、ドナウ、ポーが主たる河であるが、ここでもロワール川が登場し、ブルグイユを理想の場所と賛美する。最後は寝台で、彫像に囲まれ、象牙が使われている。四本の柱に哲学が、足の部分に七自由学科、すなわち文法、修辞学、弁証論の三学科と算数、幾何、音楽、天文学の四学科と医学で、法学を除く当時の学科のすべてが彫刻されている。天井、床、寝台に描かれる内容はバウデリクスの詩心をそれほど誘うとも思えないので、アデラが依頼したのか、それともアデラの教養を表わすためであろうか。

終結部

たしかに、このような寝室が伯爵夫人に適わしいのです。私は現実以上に美しく詠いました。

私の詩は比類なき花に挨拶すべく参りました
幸福な伯爵夫人　私が貴女の詩人たることを忘れないで下さい
あくなき嫉妬が私に向けられるなら　貴女は私の砦　証言でしょう
私の小さな本を呈し　朗唱する者を送りましょう
最後に貴女がお命じになるなら　私自身参りましょう

この詩はアデラとギョーム公のパネグリュクス（称賛）であり、詩人は想像によって華麗な細密描写を試みたのであろう。

Ⅱ　ランスのゴデフレドゥス

十一世紀、都市や町の経済活動が盛んになり、中産階級が成立、自らの能力と権利の意識が次第に増してくるとともに、封建社会の制約と中世初期の考え方を打破しようとする傾向が現われる。これに伴って、学校の比重は修道院から聖堂付属学校に移ってくる。ランスの学校は当時有名で、北ヨーロッパにおける人文主義的文化の中心地であった。学校では古代ローマの偉大な古典作家について関心が生じ、その魅力が精神的開放を促進した。世界を見る視点の変化、地上の存在に目を開かれ、人間的な愛や女性に数世紀以来初めて意義を見出す。そこに浮かび上ってきたのがオウィディウスで、ゴデフレドゥスはその詩に魅せられ、自らオウィディウス風の詩を書いた。

一　生涯と作品

ゴデフレドゥスの生涯を知る資料は少ない。バウデリクスの詩と若干の史料である。ゴデフレドゥス宛の詩は数篇あり、その中、第九九番は二一四行に及ぶが、その詩を称賛し友愛を求め、自分の詩を読んでほしいと請うている。この詩の前半からゴデフレドゥスについて知ることができる。

生年は一〇三〇年頃、ランスの学校で学ぶ。教師は年輩のヘルマヌスとドイツ人ブルーノで、ブルーノは後にカルトジオ会を創設した。老ヘルマヌスについて、その知識と研究は世に明かるい灯であり、またブルーノは文学研究の鏡である。おそらくゴデフレドゥスは両者に学び、後同僚となったと思われる。ブルーノはたぶん一〇七八年頃職務を離れたが、ゴデフレドゥスはすでに教えていたであろう。歿したのは一〇九五年とされる。バウデリクスはもう一人マナセスの名を挙げ、彼が貴方を研究へ向けたと記している。マナセスはランスの大司教でゴデフレドゥスはその好意を得て秘書になったらしい。しかしマナセスはグレゴリウス改革の支持者から敵視され、一〇八〇年不品行と聖職売買の嫌疑をかけられランスを追放された。ゴデフレドゥスはこの事件に巻き込まれなかった。ランスの学校に老ヘルマヌス既に亡く、ブルーノもランスを去っていたので、ゴデフレドゥスただ一人教師として残ったと思われる。バウデリクスは彼の死について五つの墓碑銘を書いているが、しかしゴデフレドゥスを知る手がかりは含まれていない。

第九九番の詩で、ゴデフレドゥスを称えて、貴方によってランスは名高くなりました。貴方は何であれ諧調に吟ずるので、貴方が口にするものはすべて何人にも快いのです。たしかに貴方は語を調べに一致させ、不調和はありません。第一二六番では、文学の才において、詩のムーサがゴデフレドゥスやレンヌのマルボドゥス〔次章で扱う〕のように私に好意的であるなら…。第二二三番では、アンジェはマルボドゥスとゴデフレドゥスを称えると、二人を詩の範としている。

ゴデフレドゥスの作品は一部が学術誌に紹介されることがあっても、これまであまり研究されなかった。二〇〇二年に漸く校訂版が公刊され、写本の読みに若干問題があるとの指摘もあるが、以下、真作とされる四篇について概観する。一、助祭インゲラヌスについ

て　二、オルレアンのオドーについての夢　三、若い女性について
のサトゥラ　四、ラングルの司教宛

二　インゲラヌスについて

ノジャンのギルベルトゥスの自伝によると、インゲラヌスは宗教を無視して教会の財産を浪費したにもかかわらずランの大司教になったらしい。インゲラヌスはランスの学校でゴデフレドゥスに学んだのではないかと推定されている。最初ソワッソンの司教座聖堂助祭を務め、後ランの大司教となる。ゴデフレドゥスの詩人仲間であったらしい。ゴデフレドゥスはインゲラヌスの若い頃について、ノジャンのギルベルトゥス同様〈遊び人〉という語を使っている。しかし今は生活を改めたことを祝福する。続いてインゲラヌスの高貴

な家柄、雄弁、詩才を強調する。さらにアデラを詠ったインゲラヌスの詩について、これによって彼は名声を得たが、古代の詩人にには及ばないと。アデラが直接称えられるのではなく、父ギョームが称賛されている。アデラの秀れた性格、美しさに適わしく描かれていないと評し、それには経験のある秀れた詩人が必要だと結論する。この詩は現存しない。

三　オルレアンのオドーについての夢

ゴデフレドゥスが疲れて寝台で眠っているとき、友人オドーがオルレアンからアポロンに守られて空を飛んでランスに来て寝台の脇に現われる夢を見ている。ゴデフレドゥスはオドーの詩の巧みを称え、オルペウスに比する。しばらく二人の対話が続いた後、オドーにトロイア戦争を語ってほしいと頼む。オドーは求めに応じて竪琴をとり語り始めるが、突然夢からさめる。オドーの飛行という発想はオウィディウス『変身物語』に出るダイダロスとイカロスが鳥の羽を使って翼を作り、空中を飛ぶ物語からくる。オドーの同定をめぐっては種々の意見があり、マンのオドーとする説もある。この人はプリニウスによって薬物学の本を著わし、詩人であった。ただしオドーをめぐる見解はいずれも決定的ではない。いずれにせよ、この詩の意図はよく判らない。

四　若い女性についてのサトゥラ

サトゥラという語は古典ラテン詩について使われる場合、種々の詩を集めたもの、あるいは風刺詩を指すが、ここではそういう意味ではない。十一世紀には称讃、讃美の詩にも使われる。

この詩は十九世紀末ゴデフレドゥスの詩として学術雑誌に紹介されるまで『古典ラテン詩華集』に入っていた。エレゲイア詩型に中世特有のレオ脚韻が使われているので、古典ラテン詩でないことは明らかであるにもかかわらず。四つの詩の中、研究者の関心はもっぱらこの詩に集中し、古典を模範とした言語の優雅な詩として高い評価を得ている。

百行から成り、おそらく架空の女性賛美を試みたのではないか。まず化粧や装身具で飾らない方が美しいこと、つぎに自然と比べ、最後にギリシア神話の女神と比べても美しいことをオウィディウスの詩句を処処に使って詠う。

冒頭オウィディウスの定句で始まる。

どうかお願いです。装うのは止めて下さい。空しい飾りで整えるのは止めて下さい。そのようにしても貴方の美しさが増すわけではありません。

続いて身体の部分、頭と髪、首、耳、胸、指について飾らないようにと頼んでいる。赤い絹で髪を結ばないこと、乱れている方が気に入ること、耳に宝石をつけず、首にネックレースをつけないこと。輝く胸を衣服で蔽わないようになどエロティックな句もある。指輪もはずすこと、すらりとした指が宝石に価値を与えるのです。飾り立てるのは害になるだけ。ゴドフレドゥスはここで奇妙な一句を入れている。貴方は優雅なこと馬より美しいのに外面の美で飾らないでほしいと。これについて詩の女性をアデラではないかとする論者は、この句は彼女を通じて側に居る父親に語っているとする場合のみ意味がある、というのも美女と力強い馬とは等しく権力の印と同じ機能を持つからと説明している。

とにかく、これ以上驚くほどのメイキャップは止めて下さい。私は愛していますす、やさしい愛に逆うものではありません　バラの女神のような貴方を愛したくない者ではありません。

ついで自然の美にも優ることに移る。世界に太陽より輝くものはありませんが、貴女は太陽より輝きます、どれほど色彩豊かな牧場の光景も、花ざかりの草原も貴女に比べられません、どのようなバラ園も貴女の容貌に匹敵しません。最後にギリシアの女神に比べられる、ヘレネがパリスの心を動かしたにしても貴女には比べられません。もし貴女が雲からゼウ大神に眺められたならば、ゼウスは神たることを捨てても恥じなかったでしょう。

トロイアの戦いは十年にわたりました、しかしもし貴方のために起こったとすれば一ヶ月で終ったでしょう、貴方のために炎がトロイアの富を焼いてしまっても、プリアモス王はトロイアの喪失を悲しまないでしょう。

もし貴女が森の精の歌舞団に加わったり、弓をもって猪を稲妻のする中で追い、深い森の谷間をさ迷っているのを見たなら、神々は真の女神と思うでしょう。トロイア戦争とパリスの審判はゴデフレドゥスの好むテーマである。

パリスの審判のさい、もし貴女が第四の女神として加わっていたら、リンゴは貴女に与えられたでしょう、このような荘厳な神的な美に動かされない者は硬い岩から生まれた無骨者です。

この詩で神話のイメージの適用は大方の中世詩人に優り、美の完璧な描写で、ラテン詩の見事な成果と評されている。

なお、この詩の材源はオウィディウス『変身物語』『名婦の書簡』、ウェルギリウス『アエネイス』のほか、西暦六〇年ないし六八年頃ローマで作られた『イリアス・ラティナ』〔ラテン語のイリアス〕などである。これはウェルギリウスとオウィディウスの影響を示し、ホメロスの十分の一ほどの量の教科書で、ギリシア語原典の知られなかった中世で使われた。

五　ラングルの司教に

ラングルの司教とは一〇六五年ラングルの司教に選任されたフーゴーと同定されている。彼は詩人でもあり、ギョーム征服王のイングランドの宮廷に滞在した際、即興的に詩を書いたことが知られている。しかしゴデフレドゥスとは面識がなかった。この詩には序詞があり、それによるとゴデフレドゥスは病いに苦しんでいたが、フーゴーの詩を読んで回復したらしい。レトリックの文彩で飾られた詩を贈ると書いている。

ゴデフレドゥスは森で詠うのを止めて、街に来てほしいとカリオペに懇願する。

> かのホメロスも時には休むのですから　たまには遊びに費すべ
> きです　精神は疲れますから楽しいことにも費すべきです

カリオペは九人のムーサの一人で、音楽を司る。中世の詩人は九人のムーサ一人一人の権能についてはたして知っていたのか。少なくともゴデフレドゥスはウェルギリウスを熟知していたから、詩的霊感を与えてほしいと加護を求めるのがカリオペで、カリオペがオルペウスの母であることを知っていたに違いない。しかし詩のムーサに詠うのを止めて街に来るようにというのは奇妙ではないのか。考えられることは、ホラティウスに起源のある田園のムーサと町のムーサとの対立である。それと、先に引用したように、楽しいことに費すべきだというのは、軽妙な人を楽ませる詩ということではないか。オウィディウス的な詩を含む〈遊び〉という新たな精神状況はフランス北部に拡っていた。この意味で、街はこのような詩の開花に好都合である。さらにクルツィウスの〈永遠化としての文学〉〈詩人の誇り〉というトポスもこの時代には明白に認められ、詩人の高揚した自意識を示している。前に挙げたグイドは「私に従ったならば、汝は詩によって永遠のものとなるだろう」と。詩人による街への誘いには、このような時代の精神状況が背景にあるのかもしれない。

しかしカリオペは応じない。

ここ田舎は緑の葉をつけたブナの木が音立てて楽しい
密生した葉の妙なる音がすると楽しい柔らかな風が梢をゆすり
憩いがある

カリオペはやがて渋々呼びかけに応ずるが、詩人がフーゴーへの使者になって、彼が詩才のゆえに尊敬されるように依頼すると、カリオペは冷く怒りの表情をあらわす。そこで詩人は豪華な刺繡のほどこされた旅のマント（クラミス）を贈ることを約束する。クラミスは中世においては皇帝か教皇の衣服に使われる語であるのに、なぜ女神のマントを表わすのに使用されるのか。ウェルギリウス『アエネイス』で、アエネアスは父アンキセス追悼競技の勝利者に、金糸で刺繡したマント（クラミス）を与えている。

マントのことを聞いてカリオペは好奇心に駆られ、ゴデフレドゥスの詩才とマントの由来を訊ねる。詩人はこう語る。自分が生まれて揺り篭に一人で居る時、運命の女神ラケシスと二人の姉妹（クロト、アトロポス）が闖入してきて揺り篭の周りに集った。人間の誕生を司るクロトが生命の糸を紡いで、私に名前をつけ、仲間に前兆を書き留めさせた。「この子はホメロスに等しくなるだろう」と。そして私に衣服を贈ってくれました。

ムーサは刺繡された図柄を言葉に表わすよう求める。詩は四八一行で、残りの三六〇行ほどは、カリオペと詩人の対話を挿んで図柄の細密描写である。いずれも神話で、ヘラクレスとカクス、ガニュメデス、パリスによるヘレネの略奪とトロイアの滅亡である。

一　山賊カクスとヘラクレスの戦い

ヘラクレスが西方から連れてきた牛の群を休ませている間に、カクスは牛の一部を奪って自分の洞窟に隠した。やがてヘラクレスが牛の群を連れて洞窟の前にさしかかると、他の牛が啼いたため、隠した場所が判り、カクスを退治して牛を取り戻す。なおこれ以外のヘラクレスの物語は十一、十二世紀の衣服描写に好んで用いられた。

第二の場面に移る前に詩は中断されオルペウスについて語られる

が、刺繡はされていない。カリオペの子であるためか。ここではよく知られている物語と異なり、エウリュディケは愛の象徴で、歌によって救われ、冥界へ送り返されない。なお、バウデリクスはゴデフレドゥス宛書簡詩で、彼の詩才がオルペウスに等しいことを強調している。

二　ゼウスによるガニュメデスの略奪

大神ゼウスは美少年ガニュメデスに焦れ、鷲の姿をして天上へ掠い、神酒をすすめる役をさせている。十一、十二世紀にガニュメデスは男色の象徴として、しばしば詩の題材になった。バウデリクス、次章で扱うレンヌのマルボドゥスの詩にもあるが、ここではラヴァルダンのヒルデベルトゥスの詩を左に挙げる。

ガニュメデスの眸、項、頬、ブロンドの縮れた髪はゼウスの心に炎を燃えあがらせた。大神は少年にたいしてすべてが許されると心に決めた。天界の配慮、神々のつぶやき、傷ついた妻のうるさい口、はては天の主宰神たることも忘れて、このイリオンの少年を天上に連れてゆき、星の輝く地域に引き上げた。逸楽の対象となった少年は、その容姿と愛撫で悦ばせるべく、ゼウスに夜は接吻を、昼は酒杯を与えるのだった。

ゴデフレドゥスがガニュメデスを取り上げたのは、当時の傾向に従ったのであろう。

カリオペはウェルギリウスの詩と同様、ゴデフレドゥスの詩も気に入ったと称賛し、さらに続けるように促す。

三　ヘレネの略奪とトロイアの陥落

ゴデフレドゥスが好む物語である。詩人はここで通常の神話に変更を加える、あるいは新解釈を示す。第一にヘレネはメネラオスの妻でなく、彼の兄でトロイア戦争のさいギリシア軍の総司令官となるアガメムノンの妻である。第二にヘレネはスパルタではなく、彼が王であるミュケーナイに居る。第三にトロイア戦争で両軍の英雄アキレウスもヘクトルも最後まで生きている。トロイアの落城を目前に、総師ヘクトルは城壁の上からトロイア軍を叱咤して叫ぶ。

なぜ千人がただ一人のアキレウスを怖れるのか、なぜそれほど疎むのか、大軍がなぜ一人の人間を怖れるのか、おお、トロイアの民よ、何と無気力な精神の持主よ！

このように偉大な英雄を戦いの決定的瞬間に登場させ、劇的緊張感を高める。最後の場面がこの一点に向けて作られ、最高の緊張のさなかに終る。

このような古典の模範と変容は同時代の他の詩人には見られない。

マントの細密描写はこれで終り、詩は途切れている。これはいかにも不自然で、この後カリオペがフーゴーを訪れ、フーゴーについて何か書かれなければ詩は完結しない。詩人がこの不完全な詩をフーゴーに贈ったとは考えにくい。おそらく散逸したか、写字生が筆写しなかったかのいずれかであろう。

ゴデフレドゥスの古典研究によること以上に、詩のきわだった特徴は異教精神で、キリスト教的宗教感情の跡がどこにもない。それはランスの教会付属学校の教師であったとは信じがたい程である。この点、同時代のどの詩人よりも、イタリア人文主義の精神に近いといえる。

Ⅲ　レンヌのマルボドゥスとラヴァルダンのヒルデベルトゥス

レンヌのマルボドゥスとラヴァルダンのヒルデベルトゥスは、バウデリクスやゴデフレドゥスとはその精神も詩も異なり、オウィディウスに心酔したわけではないが、古典文学に親しんでいたことは間違いない。両者ともオウィディウスからの借用詩句、連想詩句のある詩も書いているので、以下簡単に触れておきたい。

レンヌのマルボドゥス（一〇三五年頃〜一一二三年）

マルボドゥスはアンジェ地方に生まれ、アンジェの学校で学び、そこで教師になったらしい。一〇九六年自らの意志に反してレンヌの司教に選任された。

教師の経験と詩作の才を活かして詩形で書いた『言葉の文飾について』は修辞学の教科書として流布した。『ヘレンニウスに与える修辞学書』、ホラティウスの『詩論』、キケロの著作などを利用して三十項目にわたって理論的説明と実例を挙げている。なお、この本はラヴァルダンのヒルデベルトゥスに献げられた。

バウデリクスはマルボドゥス宛に「最良の詩人へ」と題した書簡詩（第八六番）で詩を交換し詩友になるよう誘っている。

「私の詩をもってまずは祝福の御挨拶とします。どうか私の詩をよく読んで下さい。私の審判者であってほしいのです。どうか詩でお返事を下さい。私とともに詩を楽しみ、愉快なムーサの女神を喜ばせましょう」。この時点でマルボドゥスの愛の詩を知っていたか、この書簡詩が実際にマルボドゥスに送られたかどうかは判らない。マルボドゥスは若い頃、当時詩のテーマとして好まれた愛の詩を書いた。その詩は一九五〇年初めて学術書に公刊された。架空の女性との詩の交換という形で十篇ほどあり、オウィディウスからの借用詩句、連想詩句が見られる。

「帰郷の準備をしている友へ」と題する女性の詩

私はものも言えず考えることもできません　どれほどの激情
が荒れ狂っているか　どのような火が私の身を焼いているこ
とでしょう　これまで愛するとは何かを知りませんでした
でも今は心に激しい痛みを覚えます　貴方がそれほど急いで
帰郷されるなら　貴方は私を破滅させるでしょう　私が貴方
にとって故郷より大切でありますように　時よとどまれ　愛
の証しを保って下さい

「愛する女性への返書」と題する詩
貴女が送って下さった詩を喜んで読みました　私は王様にな
ったかのように嬉しい　貴女の手で書かれた文字は幸せで
す　貴女の詩は喜びの使者　生命の使者です　貴女が言葉に
されればそれは貴女が心の中に抱いていることです

「愛された少女への返書」という題の詩
私は幸福です　貴女に何を伝えるべきかわかったからです
怖れがなくなったので今は喜んでいます　ウェヌスの矢で貴
女も傷ついたようです　貴女のかんばせは私の胸を裂きまし
た　貴女の輝くかんばせは雲一つない日のよう　額は白鳥の
ように白く、髪は長いリボンで縛られずに整えられています
…

以上は三つの詩の一部である。マルボドゥスは老年に至って右のような詩を書いたことを悔いている。若い頃かなり軽薄なことを詠ったと後悔して、今は真面目になり、軽薄なことが美しい詩として耳を魅惑することはないと。

ラヴァルダンの（またはル・マンの）ヒルデベルトゥス（一〇五六年頃〜一一三〇年）

ヒルデベルトゥスの詩は同時代人の称賛を博し、中世の学校で暗誦され、書簡は模範的な文章として教材になった。古代ローマを詠った詩はルネサンス期以降十九世紀後半まで古代の作品と見なされ『ローマ詩華集』に採られていた。マルボドゥスは、「貴方の書いたものを読んでからわれわれの作品に眼を転ずると、天から地を見おろすような気がする」と称え、バウデリクスは、「貴方は古代の詩人たちに優り、優雅に語るオウィディウスも今やそれほど洗練されていない」と誇張して書いている。また同時代の歴史家オルデリクス・ウィタリスは、「温雅で敬虔な人、神学にも世俗の学問にも精通していた。われわれの時代の並ぶ者なき詩人で、古の詩に匹敵する。あるいはそれに優る多くの詩を書いた」と称賛の言葉を録した。

ヒルデベルトゥスは一〇五六年頃、ブロワとル・マンの中間に位置するラヴァルダンに生まれた。父は城主サロモの臣下であった。おそらくル・マンの教会付属学校で学び、そこで教鞭を執ったと思われる。ル・マンの司教の下で助祭を勤め、頌詩、碑銘などを書いていた。一〇九六年司教に選任される。おそらく意に反してであろう。叙任権論争のさなか、地理的に英仏が相争うアンジェ、メーヌ地方の司教に平穏な日々が約束されているはずがない。はたして戦争に巻きこまれ、イングランドに追放される。この体験から有名な詩「流謫」が生れた。この詩はフランスに帰国する一一〇〇年頃の作と推定される。

ついこの間まで豊かで、多くの友に恵まれ、幸運が私に微笑かけていた。ケレス、アルカディアの神パン、バッカスが穀倉を小麦で小屋を羊で貯蔵棚を酒で充していた。庭は香辛料で食卓を、蜂蜜は壺を、召使は敷物で住居を整えていた。

ル・マンが兵乱の不幸に見舞われるまで、古典に親しみ詩を書いていた頃は夢のようで、さすが移り気なフォルトゥナ（運命の女神）もその頃はただ幸運の女神であった。だがやはりフォルトゥナは本来の姿を現わし、突如容貌を変える。かつて晴れやかな微笑で魅了したが、今は悦ばしい希望を私から奪った。

ヒルデベルトゥスは運命の変化により、新たな僭主のために祖国を追放され、冬の海峡で生命を嵐に委ねなければならない。

港は遠かった。風が激しく潮を動かし南風が海水を膨れ上らせる。冬が厳しさを増し、風が舟を駆り立て、大波が狂い引裂く。風は渦巻で海は大波で天は稲妻で岩はぶつかり合って絶望させる。もろい木の舟にありとあらゆるものが怒りを集め、害となるものは何であれ敵として屹立する。冬がこのように荒れ狂うと、舵手でさえ青ざめ身をこわばらせ、魚の餌食になるのを怖れる。引裂く渦巻が波を星にまで高め、後尾を失った舟を海岸に投げつけた。舟は壊され持物は失われたが、私は不幸中の幸いにも風と海と岩からは逃れたヒルデベルトゥスはオウィディウスの詩句を縷ばめたこの情景を書いている間、運命の変転により僻遠の地トミスへ海上を行く詩人の非運に思いを馳せていたに違いない。

跋

大学に学んですでに六十年になり、本書を執筆中なにかと想い出すことが多かった。「先師追懐」では、授業を受けた先生方の中、とくに親しくしていただいたお三方について、また「めぐりあいし学究」では大学に勤めている間、めぐりあった学究の中、強い印象を受け学ぶところが多く、かつ外国の第一線で活躍されたお二方について、ぜひとも誌しておきたい。

〈先師追懐〉

宇多五郎先生

大学に入って第一語学はドイツ語、四人の先生が担当され、宇多先生が一番多く、文法であった。最初の時間にこう言われた、新しい語学を始めたら三ヶ月間ほかのことは放っておいて専念しなければならない、それで三ヶ月でものにならなければ一生かかっても駄目だよ、一日百ページ、ドイツ語にかんするものを読み、ドイツ語で夢を見るぐらいでないとねと。授業は厳しかった。学生がたどたどしくつかえながら音読し、「あ」とか「え」などと間に入ると、書いてあることだけ読めばいいんだと先生に言われ、ますます読めなくなる。ついに「勉強したくないなら大学に入らなければいいんだ、顔でも洗って出直せ」と叱責された。これで無駄にされた時間は、よく出来る学生にあてて取り戻される。先生の教えを受け、教壇に立たれている先輩の先生によると、以前はそんなものではなく、よくチョークが飛んできたよと。しばらくして、当る順番がどうやら出来の悪い順になっているのに気が付いた。おのずと自分の実力が判るのだからかなわない。

授業中いろいろなお話をして下さり、小気味よい批評が楽しかった。たぶんシュニッツラー原作の「輪舞」というフランス映画が有楽座で上演され、それが話題になった時のことだと思う。プログラムを見ると、昭和二十七年で東京会館の広告に〈接収解除、再開〉とある。先生は、作家としては鷗外の方が上ですよ、永井荷風を評価していたが自分は立場上そういうものは書けないので、シュニッツラーを沢山訳したんですと。また別の機会に「漱石が大学を辞めたのは小説が書きたかったからですよ。」

二年次になると授業はぐっと穏やかになり、叱ることもなくなった。出来る学生にはあまり当てなくなり、意見が分かれた時に軍配をどちらに上げるかねと、裁きを求めるぐらいである。テキストはラーベ、クライスト、ヘッセで、クライストのあの長い文章が、先生の手にかかると実に平明な流れるような日本語になった。ヘッセは『クリングゾールの最後の夏』で「洋書の方が気分がいいでしょう」とインゼル文庫を使った。先生はこの文庫がお好きなようだったが、今も収集している愛書家がいるらしい。洋書の輸入が再開された頃で、旺文社にあると先生に教えられ、時々出かけた。「洋書の栞」という洒落た小冊子を出していて、新刊案内のほかに毎号、市河三喜、島田謹二、串田孫一といった方々が御自分の所蔵する洋書について書かれる欄があって、つい洋書を買いたくなったものである。

翻訳のことが話題になったときだったか、実吉捷郎氏の翻訳はよいと言われた。氏は大学の授業はきちんとされたが研究論文は書かず、原典の精密な読破を重視されたそうで、和歌、小説を書き作曲もされたという。国松孝二氏はその翻訳について、稀代の名工と書かれた。宇多先生の文学にたいする姿勢もこのようではなかったろうか。誰が何年に生まれて何という作品を書いたというような文学史の講義ほどつまらないものはないと吐き出すように言われたことがある。三年次演習のテキストはリルケ『神様の話』だったが、解説めいた説明はなく、文献も挙げられなかった。

先生に「〈樹木〉の詩人リンケ」という一文がある。リンケは一九〇〇年に生まれ、第二次大戦中に東方戦線で消息を絶った。「過度な政治的解釈から文名を高められ、その純粋性と芸術性を軽視され、戦後文学の世界から消されてしまったらしい」。先生はこういう問題を離れて「詩に於て同血族の感ある」作品について「全心を投じてそのものをくり返し熟読玩味すれば、しぜん、直接の理解が生じ来て、作者の芸術は自らこちらに乗り移ってくる」。これが先生の外国文学観賞の姿勢であると思う。

先生は本質的に詩人であるが、小説も書かれた。『白金文学』に三回にわたって連載されたのを読んだことがある。「赤ん坊の這い這いするのが書けなくては話にならないよ」とは先生の言。大仰な観念的な文学論はもちろん一蹴された。

或るとき、四季社の松本国雄という人が訪ねて来て、先生の名訳『晩夏』を読んで、シュティフテルの訳書をぜひ出版したいと。それで昭和二八年四季叢書の第一巻として『遅咲き』が上梓された。「あとがき」に、『晩夏』第三部の訳業を、更に続けて行く勇気を与えられたとあるが、残念なことにこれは出版されなかった〔『遅咲き』は現在高安国世訳『森の泉』と一冊になって岩波文庫に入っている〕。シュティフテル〔こう表記されている〕について「あとがき」に、「澄み切った閑寂な境地に達し、その深さは、私達東洋人の直観に迫って、同族の親しさを感じさせる。静かな単純な文体を求め、その為に流行の外来語を避け、古い耳慣れたドイツ語の中から、美しい宝石を幾つもひろい出し、ドイツ語に、独創的で単純で、純潔新鮮な美しさを加えた。その表現で特に驚くべきことは、極く小さな、何でもない日常的なものの深さを実にこまやかな心づかいで着実にいい現して行く、巧まぬ技巧である。ニイッチェが、ドイツ第一の文体家と称したのも、確かにうなづける事実である。この、シュティフテルの中に潜む美しさが、シュトルム、ラーベ、ピッヒラーに伝わり、更にザール、エッシェンバッハ、ローゼッガーに影響し、新しくはリルケ、カロッサに姿を現わしているのを、私は、ドイツ文学の重要な一つの系譜だと思っている」と。

おそらくこの系譜の作家を先生は好まれたのだと思う。

先生の訳書はこの他、ブリッティング『愛憎―ドナウ河の物語』、ザイデル『幸福な生活』〔兼常清佐氏、同篤子夫人に捧げられている〕、ウィース『スイスのロビンソン』などがある。なおグレンツマンの『現代ドイツ文学』はおそらく大学側の依頼によってやむなく訳されたのであろう。

昭和三六年、先生の還暦を記念して詩集『團欒――ハウスガイストの歌』が上木された。夫人、三男一女の團欒の図である。しかしお若い頃はまったく違う趣の詩を書かれていた。その中に恩師ヨーゼフ・ダールマンを詠んだ詩がある。ダールマンは著名なインド学者で当時日本で教えていた。天野貞祐氏と兼常清佐氏がハイデルベルクで話し合っているとき天野氏が「もし偉い人にあおうというのなら、ドイツへ来なくてもいい。ドイツでもめったにいない偉い人が東京にいる」。兼常氏が誰かと聞くと、ダールマン教授だと答えられたそうである。ダールマン師を詠んだ詩の一つ、初めの半分ほどを左に写す。

〈先師追懐〉

初冬の列風、
夜園の木々が震動し
鋼鉄のような響きがカンとうなりをたて
ざわめきたったあたりを貫く。
誰だか、その中で、
深い深い土の底から、
キリキリと鉄の車をしぼって井戸の水をくみ出している。
外へ出ればゾッとからだを持ち上げられそうな寒さ。
遠くに、太陽のとぎすました白金がぽっと見える、
僧院荒涼の風景。
その中のこまかく砂利をしきつめた木下道を
黙ってうつ向きかげんに歩いているがっしりした人、
手にブレビエルを持ち
風を押えるように立ちはだかり又歩みつづける人、

篤信のパーテル・ダールマン。

そのあたりに散乱した午後の日の光はただいたずらに寒い、寒い、この詩を口ずさむと、教室での、あのよく通る歯切れのよい、綺麗な日本語が耳に蘇る。

江藤太郎先生

三年次先生の演習は道元とハイデガー、テキストは『正法眼蔵』と『フマニスムスについて』で、前者については西有穆山『正法眼蔵啓迪』を推奨された。早速、神田の古書店に行ったが、部厚い三巻本は学生の手に入る価格ではなく諦めた。卒業後かなり経ってから復刻版を入手して、今も机辺においている。当時は註解書も現代語訳も用語辞典もなく、解読に苦労した。しかし先生が両書を対照して説明されると、よく理解できた。

ところである雑誌の一冊の本という欄に、道元の『正法眼蔵』という文章をお書きになっている。昭和二十年六月四十歳の先生が衛生兵として召集されたさい、『正法眼蔵』を持って入隊された。もちろん、たちまち没収されたが、苛酷な労務の支えになった。三ヶ月ほどして終戦、「一冊の本」を持って広島に帰ると、先生の「看雲居」と名付けられたお宅は被爆し、焼失を免れはしたが、かなり破損した。先生はすぐに『正法眼蔵』を読み始めたが、その導きとなったのが、いわゆる転廻以後のハイデガーの著作であった。ギリシア以来の実体は否定される。物は実体ではなく集まり〔ザンムルング、衆法合成〕、集まりは生起〔エライクニス〕であり、存在は開け〔オッフェネ〕である。何かがあって、春へと現われるのではなく、世界が春へ集る、太陽、空気、微風、霞、すべてによって春が現成する。春の時節である。先生は「道元における存在の問題」「道元哲学とハイデガー」「存在の明るみの構造」などでこういう問題を解明されている。

先生のもう一つの研究領域は、古写本解読を介しての中世思想の究明である。古写本をマイクロフィルムで取り寄せ、マイクロリーダーで解読される。その研究会に何度か出席した。或る写本に少し慣れても、別の難かしい写本になると全く歯がたたない。中世ラテン文献学の泰斗ベルンハルト・ビショップは写本を見て、いつ、どこで書かれたか、たちどころに判るとのことであった。写本を読むための辞書も買ったが、これは後に古刊本〔インクナーベル〕を読むのに役立った。その後、先生の書斉書棚にティヤール・ド・シャルダンの本が並ぶようになり、論文も書かれた。

広島には戦後も四年いらした。九州大学からもお誘いがあったが、ご家族の希望で広島文理科大学を辞して、東京に移られた。その頃はひどい住宅難で家を持たれるのは五年も経ってからである。成城学園から二キロ、祖師ヶ谷の小高い雑木林五百坪に山荘風の家を建てられた。大木が林立し、隣地に富本憲吉の窯場が残っているとのことであった。書斎は西側の斜面にあり、遠く田畑が見渡せた。隣に一段高く和室があり、研究に疲れると、その部屋で休まれたのではないかと思う。先生は畑で野菜を作り、草花や花木を植えられた。春には木々が芽ぶき、連翹、白木蓮、海棠、山つつじなど次々と咲いて、何とも美しかった。京鹿の子、二人静、蛍袋など色々な草花を戴いて、わが家の庭に植えた。戦前出版され、手に入らない貴重な書物をお借りするため、時々お邪魔した。先生はラテン語に関してシュトルツ・シュマルツの『ラテン文法』、リルケについてはギュンター『世界内面空間』を推奨された。

ある日つい長居してしまい、夕食を共にするように誘って下さった。当時、禁止されていた『忠臣蔵』が上演できるようになり、評論家族が一斉に封建道徳という理由で非難した。美味な天麩羅にビールが入り少し口が軽くなって、同調するようなことを申し上げた。すると先生はいつもの皮肉ではなく、もの静かな口調で「愛はそれぞれの時代に異なる現われ方をします。あの時代は主君にたいする愛が最高の愛でした。あのような深い愛が今ありますか」。私は己れの軽率さに恥入るばかりであった。過去の時代の研究では、その時代に身を置いて考えねばならないという教訓でもある。

先生が古稀を迎えられた翌年、淑子夫人は歌集『芿園』を上梓された。先生の序によると芿はジョウと読み、雑草の生えたという意味である。梅花書屋主人とあるので、梅がお好きだったのであろうか。なかに先生を詠ったものもある。

みちのくの風もかくやと風鈴のすがしき音色ひとり聞き居り

春浅く氷雨降る日を籠りゐて久しく逢はぬ人に文書く

学校のゆき帰りさえ疲るるに暮れぐれてなほ夫の鍬打つ

熱高きわがかたわらに燈を遮蔽《おお》い夜すがら夫の原稿書けり

書斎の灯ともし続けて幾夜さか原稿成るに夫の早寝す

松本正夫先生

四十代前半の先生はすでにして大家の風格を具えておられた。いつも教室へチョーク二本を持ってこられ、メモすら用意されたことがない。それでいて理路整然と御自分の体系を開陳された。いったい先生の頭の中はどうなっているのだろうと友人と話し合ったものである。学会のシンポジウムで相半する議論が伯仲する折など司会者として鮮かにまとめられた。

学位論文『「存在の論理学」研究』は三十歳の頃には出来上っていて、昭和十九年岩波書店から出版された。この大冊に紙の配給を受けられたのは、自然科学にとって有益と評価されたためとのことである。ゲートル姿の湯川秀樹博士が田園調布の御宅に訪ねてこられたそうで、おそらく「帰納法則の後験的客観性と現代物理学」という一章があり、量子力学などについても触れているためであろう。

博士課程在学中、学位論文を書くよう先生からしきりに勧められていたので、先輩から誘われて小さな翻訳書を出したさい、さぞかしお叱りを受けるだろうと覚悟していたところ、正月二日にお電話があり、たいそう称めて戴いた。ある時、人文主義的な蕪稿を読まれた先生に「君は僕を裏切ったね、でもこれで食べてゆけるよ」と言われて申し訳ない気がした。

当時、先生にとっての問題は、〈存在論〉の体系で、意識論か存在論か、主観主義か客観主義かで、この点ははっきりしていて、人間という語も使えなかった、人間も存在だからである。先生は語学がお好きで、大学紛争のさなか教授会でアラビア語の文典を読んでいて、顰蹙を買ったとは先生の直話である。ギリシア語とラテン語はお若い頃前田越嶺師に就いて八年間古典をたくさん読まれた。とりわけラテン語は身体の一部になっているようで、語感に確かさがあった。いつか先生の書斎でお話ししているとき、ラテン語の一句をいとおしむように口ずさみ音と内容の調和を説明して下さって、ラテン語を教えて暮せたら楽しいだろうなあと懐しげであった。

ラテン語といえば、樋口勝彦教授のことを想い出す。松本先生が学務理事のとき、たまたま創立百年に当り、外国へ出す招待状をラテン語にすることになり、樋口教授に依頼された。出来上った原稿を念のためアヌイ師に見せたところ、立派なラテン文だが一箇所だけ気になるところがあるとのことであった。このことを樋口教授に伝えると、「あそこはわざとキケロの語句を入れたので見る人が見ればわかる」との答えで、いまさらながら樋口教授の実力に感じいったそうである。実際、外国の学者にはキケロ風の名文と評判だったという。

御高恩を忝けなくした私だが、もう一度先生を裏切ることになる。私が他大学へ転出することになり、「当分勉強はできないよ」と言われて何とも心苦しかった。それでも先生は私を見捨てず、東京から遠い拙宅に、学会や旅行の折、廻り道をして清子夫人とともにお寄り下さった。

他大学に移って初めて必要性を感じ、学位論文を提出したいと申し出たところ、先生は「いまごろ気がついたか」と言われた。すでに退職されていたが、副査に加わって下さった。先生の定年前の年度、講義を聴講したが、ある時御自身の体系の奥にある思念について語られたことがあり、天使の問題にふれて、これを抜きにしてはドストエフスキーは理解できないと。この種のことを話されたのはこの時一回きりで、講義の直後研究室で「とうとう喋ってしまったよ」といくぶん紅潮気味であった。思索と思念という副題の文集に、青年時代ロシア文学に親しみ、ドストエフスキーの『カラマーゾフの兄弟』から一生涯を決定する影響を受けたと書かれている。こういう面は先生の体系とどう繋がるのであろうか。

先生の父君は高名な松本烝治氏、小泉信三氏は叔父に、田中耕太郎氏は義兄にあたる。田中氏には若い頃ベートーヴェンを聴くときは姿勢を正してなどと言われ、堅苦しく窮屈で苦手のようであった。小泉氏とはよく議論をしたが意見が合わず「お前のような甥をもって恥かしい」と言われたのにたいし「貴方のような叔父をもって恥かしい」と言いかえしたと可笑しそうに話された。「小泉信三の悪いところはものごとを事の善悪で判断せず、マナーで判断することだ」と先生は言われるが、これはとかく清濁で判断する日本型思考への批判でもある。

誰にも愛され誰にたいしても分け隔てなく心を配られる清子夫人という得難い伴侶に、日常的なことすべてを委ねて、学究生活に専念された先生はまことに幸福であった。

〈めぐりあいし学究〉

今道友信先生

学生の頃「古書七行考」という論攷を読み、ただもう驚嘆して、ある先生にうかがうと、東大哲学科始って以来の秀才とのことであった。肩書きはヴュルツブルク大学講師となっていた。その後、先生のお書きになるものは、かならず読むようにした。私は高校の時から美学に関心があり、美学会の学会誌「美学」を購読していた。先生が九州大学助教授のときに書かれた「同一性の自己伝達としての芸術と死について」を読み、高校時代から抱いていた疑問について、一つの解答を見出して感銘を受けた。

直接先生にお目にかかるのは、竹内敏雄教授の招きで東大の美学科に移られてからで、時々お宅に伺うようになった。後に、たいへんお世話になるとは夢にも思わなかった。或る日、私宛の手紙を投函していなかったと探されたが、なにせ書斎は乱雑をきわめていて、三時間かかって机の側で見つかった。その間、一高時代以来書いてきた詩のノート、小説など見せていただき、得がたい三時間であった。昔の日記もこの時見せてくださった。先生が推奨された本は中勘助『銀の匙』、金素雲『朝鮮詩集』、ギトン『読書、思索、文章』、フリートリヒ・クリングナー『ギリシア・ローマ文学研究』などで、ギトンはもっと若い時に知っていれば勉強の仕方も違っていたとつくづく思った。愛読書の大沢章『丘の書』は後に署名して下さった。笠野半爾という人の詩集『柊冬青《ひいらぎそよご》』をよい詩だと見せて下さった。書名からして美しいこの詩人がどういう方か先生も私も知らなかったが、後に私は或る本で、萩原朔太郎と親しい詩人で、昭和五十年遺稿集として詩集『ああ断橋』が刊行されていることを知った。『柊冬青』は昭和九年京都で発行されているので、先生はおそらく古書店で詩の美しさに惹かれてお求めになったのであろう。愛読書の一つで、朝日カルチャーセンターでの連続講義『日本人の抒情』でも取り上げておられる。署名といえば先生は一字一字をずいぶんゆっくりお書きになる。私は書について暗いが、筆跡は風格があり、いくらか枯れているようでもあり、味わい深く、いくら見ても飽きない。「お習いになったのですか」と訊ねたところ、はっきりした答えはなく、大きい字をゆっくり書くといいですよと言われた。定年後の賀状に「風荒れてものの空しく見ゆる日は雲の流れにおるがんを聞く」、それと二種所持している原稿、戴いた本に書いてある言葉と署名など時々出して見入る。

二十四冊の詩のノートを見せて戴いて以来、たび〳〵詩集を出して下さるようお願いしていたが、定年後に希望が叶えられた。水原昇『月色の圓舞曲』、その後かなり経ってから、この詩集の一部に別の詩を加えて豆本を出された。水原昇『夜の海』、こちらは先生の手になるスケッチ、カットがあり、三〇部限定版で私は第十六番を戴いた。

遠景の秋

わが悲しみは碧き空
いづこともなき漂ひに
結晶　とほき日々なりき

歩みを早めども
秋は異郷に冴えわたり
果実は熟れて地に墜ちぬ。

夏の雲間を裂きてゐし
光の柱すでになく

ひとをおもひて丘を歩めば

〈めぐりあいし学究〉

憂ひの雲のうすかげり
起伏もゆるき葡萄畑に
日あしはとほく傾斜する

わが悲しみはあをき空
聲なき歌も
雲となり
透きつつ
秋は消えゆきぬ。

夕方の丘に立たずめば
川もみどりを影ふかめ
瓦屋根は
ひとつづつ日を浴びれども

窓にうれひを宿すなりき
わが
あおき空
暮れかねて
傷ある月を呼ぶなりき。

先生の論文に示唆を与えられて書いた論攷二篇を持って伺うと、それを持って書斉に入られた。かなり時間が経って出て来られ、「嬉しくて涙が出、恥かしいので隠れていたのです」とおっしゃられ、二、三注意をして下さった。或るとき、急いでお目にかからねばならない用件があり、朝日文化センターでお会いする約束をした。ちょうど「日本の抒情」という連続講座をされていて、聴講した。或る詩を読まれていて、途中声をつまらせて、しばし先へ進めないことがあった。先生は理性的思索力と豊かな感受性に恵まれ、美学に最適な方である。少年の頃、音楽家志望で作曲もなさる。「子守唄—詩曲」全十二曲は大阪万博で演奏され、楽譜を戴いた。ピアノ曲も沢山あり、その中の一部二十六曲の小品を先生御自身が演奏されたのがカセットテープ二巻に入っている。この中「情熱」はレオニード・クロイツァーがアンコールによく演奏されたそうである。十一歳の時の作品もあり、「あの頃のような純粋な作品はもう作れません」と感慨深げであった。

先生は一九五六年ヴェネチアの国際美学大会での発表が大きな反響をよび、八つの大学から講義を依頼された。以後ヴュルツブルク、ミュンヘン、パリ大学で講義される。「ソルボンヌでの地位も固まってきた」ところへ、父君の御病気という報せが入り、ソルボンヌの美学担当教授エティエンヌ・スーリオや森有正氏が強く引き留めるのを振切って帰国された。日本の大学に職を得られた後も、学問活動の場が外国であることに変りはなかったが、この選択ははたして先生の研究のためによかったであろうか。父君の病気が唯一の理由だったとすれば、一時帰国でもよかったのではないか。

東大の美学講座を担当されてからしばらくして、学問活動がかなり阻害されることになる。大学紛争の時は学部長として苦労され、「定年と同時に美学講座の大学院生の多くが、話しかけもしないようになった」。

それにいつの頃か判らないが、それまで竹内教授と親密であったのに「予想もしなかった譏を浴び、竹内敏雄先生から思いもよらない叱責を受け」「変な学者たちの介在によって、先生と私との人もうらやむ師弟の相互信頼の関係は消えてしまった」と書かれている。具体的なことは知らないが、竹内教授について私に話されたのは、学会出張の折、たとえば美術館に行かれるとき御一緒しないと機嫌が悪い、でも自分はそういうことを好まない、ということだけである。それでも先生は古稀と喜寿に記念論文集を編んで献上したし、追悼の会も行なって弔辞を読むなど、礼を尽された。

先生は再び外国の大学へ移ることを考えておられる時期もあったが、「人間と学問のどちらを撰ぶか」で東大に残るよう無理に御自分を納得させた嫌いがある。天才にありがちなことだが、先生には社会通念からはずれるところがあったし、日本の学界は学問以外のことで口うるさいから、所詮先生とはそりが合わなかったと思う。

先生の未発表の原稿は音楽論を含めてかなりあるようで、晩年、著作集を編む計画があったが、およそ四十巻ないし五十巻ぐらいになるので、とても無理と取止めになり、先生をいたく落胆させた。

定年退官の折の記念論文集のほか、六十五歳で一冊、七十歳で二冊と、三冊もの欧文論文集が先生に捧げられたのは稀有のことである。定年の時、欧文論文二八点、和文一一九点だが、七十八歳の時には欧文論文が二百を越え、その後も論文を発表され、国際美学会会長、哲学国際研究所長（パリ）など要職にも就かれたが、しかし外国の大学に所属していればより自由な学問活動ができたであろうし、なによりも欧文著書が沢山出版されたと思うと残念でならない。

晩年、入退院をくり返されている時も、執筆を続けられ、何冊も本を出された精神力は並大抵ではない。お見舞いに伺った時、『遠い茜』に署名して下さった。お暇するさい、三階の入口で手を振っておられ、この日が先生とのお別れになった。

吉川守先生

言語学の分野で、自分の専攻する言語をもって国際的に第一線で活躍した学者は先生以外にないのではないか。

語学の才能に恵まれ、京都大学入学時、ドイツ語とラテン語はすでに習得していて、古代学の角田文衛氏の令嬢にラテン語を教え、スエトニウスなどを読んだ。ドイツ語は試験だけ受けた。一年次の夏休み『コンサイス英和辞典』を全部暗記し、語構成などが判った。

その後一度も出てこない単語を今でも覚えている。仏文志望で、研究室にスウェーデン文学研究者の蔵書が入っていて、スウェーデン語の本がかなりあったので、ラーゲルレーヴなど読んだ。が、入学当時、先輩井本英一氏〔古代ペルシャ語〕を知り、洋書を沢山所持していた氏から何かと教示を受け、言語学科に進むことになった。種々の言語につき四週間叢書というのがあるが、あれは二週間でよい、前にやった事を忘れないためにも。視覚型で目で見ていると動詞の活用形など覚えてしまう。単語を覚えようとしないのは怠けているのだ。自分は紙の左側にその言語の単語を右側に訳語を書き半分に折って暗記する、覚えたものは消してゆく。先日ルーズリーフの間から蒙古語とフィンランド語の単語暗記の紙が出てきた。

二年次の終りに榊亮三『解説梵語学』を二週間であげたが、机に向かったまま眠り、醒めるとサンスクリットをやって床には就かなかった。すぐに佐保田鶴治氏の『ウパニシャッド』の演習に出た。後に、大地原豊教授に『シャクンタラー』読んでもらったが、氏は天才でサンスクリットの本の一頁が日本語のように一度に目に入り、探している箇所がすぐ見つかる。勤めながら日仏学院でフランス語を学び、留学生試験に合格して渡仏、斯界の権威ルヌーに就き、後に共著を出版した。

フィロロギーの面で最も学ぶところがあったのは、イラン学の伊藤義教教授の演習である。とすると先生はペルシャ語も習得されていたのである。ヒッタイト語をやるには楔形文字を読めなくてはならないので、中原与茂九郎教授に就いて学んだ。独学でシュメール語を習得された方で、京大定年後、立命館大学に移られてからも聴講に行き、隠退して広島に住んでおられたので頻繁に訪ねた。卒論の相談に泉井教授のお宅に行き、サンスクリットとヒッタイト語を材にバンブニストなどを使って説明したところ、驚いた御様子で、十二時過までいろ〳〵質問された。

シュメール語を始めたのは昭和三十一年、大学院生の時で、広島大学に就職してからはシュメール語のみを特講で取上げてきた。泉井先生のようにいろいろな言語を講義していては、自分の専門とする言語で他の人に太刀打ちできなくなるから。シュメール語の資料は個人で完璧に揃えている。テキストは手にしうるかぎり全部読む。毎日楔形文字のテキストを読み、あらゆる角度から分析して、ルーズリーフにロマナイズしておく。語彙と事項と二種に分けてルーズリーフに記入する。たとえば「王の」という用法があれば、コンテクストごとロマナイズして、その項目に入れる。事項は「母音調和」を示す文例があれば、ロマナイズしてその項目に入れる。ルーズリーフがたまると製本する。この作業をしておくと、論文を書くとき、テキストを見なくてすむ。外国で東洋人だというだけで最初は問題にされなかったが、有無をいわせなくするのに時間がかかった。外国人の論文の反証は、ルーズリーフを見れば簡単に見つかる。この作業は休むと留まってたいへんなので、毎日行い、三十年来続けている。外国の学会に出席した後はだからたいへんだった。歩いているときでも教授会でも常にシュメール語のことを考えていると、いろいろなことに気がつく。先生は『アクタ・スメロロギカ』という欧文雑誌を出していて、外国人学者の寄稿が大部分で、編集の事務は一人でおやりになっていた。先生も外国の専門誌に寄稿が増えて六十篇を越え、今や斯学で一、二を争う研究者である。アッカド語も必要でラバ『アッカド語碑名学概論』は使いに使ってボロボロになり、今は四冊目という。

広島大学の研究室をお訪ねした折、粘土板を拝見した。二十センチのものが一箇四百万円以上するそうである。お宅に伺ったさいには実際に粘土板に、先が楔の形になっている葦のヘラで押して見せて下さった。完璧に揃っているシュメール語の文献も見せていただいた。応接間も壁に天井まで書棚、八疊ほどの書斉は机の置いてある窓側を除いて、三方に書棚、壁の部分の書棚の前にさらに二重の書棚があり、きちんと整理されている。例のルーズリーフは一つの書棚に入りきらず壮観である。アメリカで分冊で出た大部の『シュメール語辞典』についてお訊ねしたところ、ここに収録されている単語は全部知っているので、使うことはない、との答えが返ってきて感嘆した。書評を頼まれたが、そういう時間は今はないので断ったと。机の上にファルケンシュタインの写真が飾ってある。最も権威あるシュメール語文法の著者で、先生はこれを書きかえる新たな『シュメール語歴史文法』を英語で書く計画をしておられた。シュメール語の構造はほぼ解明できた、これまでシュメール語の動詞はテンスの体系と説明されてきたが、そうではなくアスペクトの体系であることを立証できた。動詞については『シュメール語動詞体系の研究』が一九九三年『アクタ・スメロロギカ』の別冊第一巻として中近東文化センターから出版されている（英文三七四頁）。英文『シュメール語歴史文法』は定年後に執筆を予定されていた。しかし定年（一九九五年）後も東京の中近東文化センターへシュメール語を教えに通っていてかなり無理をなさってはいたが、その十二月何ということか突然脳梗塞が襲った。先生は謎の言語の解明に脇目も振らず一生を捧げたのである。

＊　＊

本書を上梓するにあたり、日本学士院会員 田仲一成博士の日頃の誘掖に、また片々たる小品の出版を快く引き受けて下さった社主小山光夫氏の御厚意に深甚の謝意を表します。

二〇一四年睦月

著　者

参 考 文 献

テキスト

Abrahams, Ph. (ed) Les œuvres poétique de Baudri de Bourgueil. 1926.

Hilbert, K. Bardricus Burgulianus Carmina. 1979.

Tilliette, J. Y. Rhétorique et poétiq chez les poète latins médiévaux: recherche sur Baudri de Bourgueil (thèse) 1981.

Tilliette, J. Y. Baudri de Bourgueil Poèmes, texte établi, traduit et commenté. 2 tomes. 1998-2002.

Boutemy, A. Trois œuvres inédites de Godfroid de Reims. in: Revue de moyen âge. vol. III, 1947. p. 335-366.

Broecker, E. Gottfried von Reims. Kritische Gesamtausgabe, eingeleitet, herausgegeben und kommentiert. 2002.

Bulst, W. Liebesgedichte Marbods. in: Liber Floridus, Mittellateinischen Studien. 1950. S. 287-301.

Leotta, R. Marbodo di Rennes, De ornamentis verborum. Liber decem capitulorum. 1998.

Scott, B. Hildeberti Cenomanensis episcopi Carmina minora. 1969.

研究書・論文

Albrecht, M. von. La crrespondance de Paris et d'Helene: Ovid et Baudri de Bourgueil. in: R. Chevalier (ed.) Collque Présence d'Ovid. (1982) pp. 189-193.

Boutemy. A. Autour de Godefroid de Reims. In: Latomus, 6 (1947) pp. 231-255.

Bond, G. The Poetry of Baudri de Bourgueil and the Formation of Ovidian Subculture. In: Traditio, 42. (1986) pp. 143-193.

Bond, G. Composing yourself: Ovid's Heroides, Baudri de Bourgueil and the Problem of Persona. In: Mediaevalia, 13 (1999) pp. 83-117.

Bond, G. The Loving Subject, Desires, Eloquence and Power in Romanesque France. 1995.

Brown, A. S. and Herren, M. W. The Adelae comitissae of Baudri of Bourgeuil and the Bayeux Tapestry. In: Anglo-Norman Studies. 16(1994) pp. 55-73.

Carruthens, M. Baudri of Bourguel's Dream. In: The Craft of Thought. Meditation, Rhetoric and Making of Images 400-1200, (1998) pp. 213-220.

Dronk, P. Woman Writers of the Middle Ages, 1984.

Dronk, P. Medieval Latin and the Rise of European Love-Lyric. vol. II 1968.

Forstner, K. Das Traumgedichte Baudri von Bourgueil. In: Mittellateinisches Jahrbuch 6 (1972) S. 45-57.

Hexter, R. Ovid and Medieval Schooling. 1986.

Houts, M. C. van. Latin Poetry and the Anglo-Normann Court 1066-1135. In: Journal of Medieval History 15 (1989) pp. 39-62.

Huygens, R. B. C. Accessus ad auctores, Bernard d'Utrect, Conrad d'Hirsau. 1970.

Munari, F. Ovid in Mittelalter, 1960.

Offermann, W. Die Wirkung Ovids auf die literarische Sprache der lateinischen Liebesdichtung des 11. und 12. Jahrhunderts, 1970.

Olsen, B. M. La popularité des textes classiques entre 11. et 12. siècle. In: Revue d'histoire des textes 15. (1984-85) pp. 169-181.

Moos, P. von. Hildebert von Lavardin: Humanist an der Schwelle des Höfischen Zeitalters. 1965.

Ratokowitsch, Ch. Baudri de Bourgueil-ein Dichter der inneren

Emigration. In: Mittellateinisches Jahrbuch 22 (1987) S. 142-165.

Ratokowitsch, Ch. Io und Europa bei Baudri de Bourgueil. ln: Kösngen, E. (hrsg.) Arbor amoena comis, (1990) S. 155-161.

Ratokowitsch, Ch. Descriptio picturae. Die literarische Funktion der Beschreibung von Kunstwerken in der lateinischen Grossdichtung des 12. Jahrhunderts. 1991.

Ratokowitsch, Ch. Die keutsche Helena. Ovid Heroides 16/17 in der Mittellatenischen Neudichtung des Baudri von Bourgueil. In: Wiener Studien. 104 (1991) S. 209-236.

Schaller. D. Probleme der Überlieferung u. Verfasserschaft lateinischer Liebesbriefe des hohen Mittelalters. In: Mittellateinisches Jahrbuch. 3. (1966) S. 25-36.

Schumann, O. Baudri von Bourgueil als Dichter. ln: Mitlellateinische Dichtung. 1931

Schuelper, S. Ovid aus der Sicht des Bauderich von Bourgueil. In: Mittellateinisches Jahrbuch. 14 (1979) S. 93-118.

Stohlmann, J. "Deidamia Achilli" Eine Ovid—Imitation aus dem 11. Jahrhudert. ln: Literatur und Sprache in europäisches Mittelalter. 1973. S. 195-231.

Szörverffy, J. Secular Latin Lyrics and Minor Poetic Forms of Middle Ages vol. I(1992)

Thoss, D. Studien zum Locus Amoenus im Mittelalter. 1972.

Tilliette, J. Y. Culture ciassique et humanisme monastique: Le poèmes de Baudri de Bourgueil. In: la littérature angievine Médiévale. (1981) pp. 77-88.

Tilliette, J. Y. La chambre de la contesse Adèle. In: Romania 102 (1981) pp. 145-171.

Tilliette, J. Y. Hermés amoureux ou les métamorphoses de la chambre: Reflexions sur les carmina 200 et 201 de Baudri de Bourgueil. in: Mélange de l'école Française de Rome. Moyen

Age, 104 (1992) pp. 121-161.
Tilliette, J. Y. Savants et poète du moyen âge face à Ovid. ln: Pikone, M. et Zimmermann, B. (hrsg.) Ovid redivivus, von Ovid zu Dante (1994). S. 63-104.
Tllliette, J. Y. 'Troiae ab oris', Aspects de la révolusio poétique de la seconde moitié du 12 siècle. In: Latomus 58 (1999) pp. 405-431
Williams, J. Godefrey of Reims, Humanist of the Eleventh Century. In: Speculum 22 (1947) pp. 29-45.
Williams, J. The Cathedral School of Reims in the Eleventh Century, In: Speculum, 24 (1954) pp. 662-677.

その他

Brinkmann, H. Geschichte der lateinischen Liebesdichtung im Mittelalter, 1979.
Brinkmann, H. Zu Wesen und Form miittellateinischer Dichtung, 1979.
Dronk, P. The Return of Euridice. In Classica et Mediaevalia. 23 (1962) pp. 185-215.
Kindermann, U. Satyra. Die Theorie der Satire im Mittellateinischen, 1978
Manitius, M. Geschichte der lateinischen Literatur des Mittelalters. Bd. III, 1964.
Quadlbauer, F. Die antike Theorie der genera dicendi im lateinischen Mittelalter, 1962.
Raby, F. J. A History of Secular Latin Poetry in the Middle Ages. 2 vols. 1957.
Tilliette, J. Y. Le retour d'Orphé. Reflexion sur la place de Godefroid de Rheims dans l'histoire littéraire du XII siècle. In: Latin Culture in 11 century, vol. II (2002) pp. 449-463.
アウエルバッハ，エーリッヒ『中世の言語と読者』小竹澄栄訳，

八坂書房，2006 年
クルツィウス，E. R.『ヨーロッパ文学とラテン中世』南大路振一・岸本通夫・中村善也訳，みすず書房，1972 年
ホメーロス『イーリアス 上中下』呉茂一訳，岩波文庫，1953-58 年
ホメーロス『イーリアス 上下』松平千秋訳，岩波文庫，1992 年
『ホラティウス全集』鈴木一郎訳，玉川大学出版部，2001 年
ホラティウス『詩論』岡道男訳，岩波文庫，1997 年
オウィディウス『恋の手ほどき』藤井登訳，角川文庫，1971 年
オウィディウス『恋の技法』樋口勝彦訳，平凡社ライブラリー，1995 年
オウィディウス『恋愛指南』沓掛良彦訳，岩波文庫，2008 年
オウィディウス『名婦の書簡』松本克己訳，世界文学大系 67，305-349 ページ，筑摩書房，1966 年
オウィディウス「恋の歌」中山恒夫訳，『ローマ恋愛詩人集』439-597 ページ，国文社，1985 年
オウィディウス『転身物語』田中秀央・前田敬作訳，人文書院，1966 年
オウィディウス『変身物語 上下』中村善也訳，岩波文庫，1981-84 年
オウィディウス『悲しみの歌　黒海からの手紙』木村健治訳，京都大学学術出版会，1998 年
風間喜代三『オウィディウスでラテン語を読む』三省堂，2013 年
久保正彰『Ovidiana　ギリシャ・ローマ神話の周辺』青土社，1978 年
ウェルギリウス『牧歌　農耕詩』河津千代訳，未来社，1981 年
ウェルギリウス『牧歌／農耕詩』小川正廣訳，京都大学学術出版会，2004 年
ウェルギリウス『アエネーイス』岡道雄・高橋宏幸訳，京都大学学術出版会，2001 年

柏木　英彦（かしわぎ・ひでひこ）

1934年生。慶應義塾大学大学院文学研究科博士課程満期退学。慶應義塾大学，山口大学（国立），金沢大学（国立）に勤務。現在金沢大学名誉教授。文学博士（慶應義塾大学）
〔著訳書〕『中世の春―十二世紀ルネサンス』（創文社），『アベラール―言語と思惟』（創文社），ルゴフ「中世の知識人」（岩波書店），ワット「イスラーム・スペイン史」（岩波書店），コルバン「イスラーム哲学史」（岩波書店），コプルストン「中世哲学史」（創文社）

〔古典残照〕　ISBN978-4-86285-177-2

2014年2月2日　第1刷印刷
2014年2月9日　第1刷発行

著　者　柏木英彦
発行者　小山光夫
印刷者　藤原愛子

発行所　〒113-0033 東京都文京区本郷1-13-2
電話03(3814)6161 振替00120-6-117170
http://www.chisen.co.jp
株式会社 知泉書館

Printed in Japan　印刷・製本／藤原印刷